KB128709

Copenhagen Trilogy 1
Barndom
Tove Ditlevsen

Tove Ditlevsen: *Barndom*

© Tove Ditlevsen & Hasselbalch, Copenhagen 1967

Published by agreement with Gyldendal Group Agency

Korean Translation © 2022 by EULYOO Publishing All rights reserved.

The Korean language edition is published by arrangement with

Gyldendal Group Agency, Copenhagen through MOMO Agency

이 책의 한국어판 저작권은 모모 에이전시를 통해 Gyldendal Group Agency,
Copenhagen 사와의 독점 계약으로 ㈜을유문화사에 있습니다.

저작권법에 의해 한국 내에서 보호를 받는 저작물이므로 무단전재와
무단복제를 금합니다.

코펜하겐 삼부작 1

어린 시절

토베 디틀레우센 지음
서제인 옮김

암실문고
코펜하겐 3부작 제1권
어린 시절

발행일
2022년 8월 20일 초판 1쇄

지은이 | 토베 디틀레우센
옮긴이 | 서제인
펴낸이 | 정무영
펴낸곳 | (주)을유문화사

창립일 | 1945년 12월 1일
주소 | 서울시 마포구 서교동 469 — 48
전화 | 02 — 733 — 8153
팩스 | 02 — 732 — 9154
홈페이지 | www.eulyoo.co.kr

ISBN 978 — 89 — 324 — 6131 — 1 04850
        978 — 89 — 324 — 6130 — 4 (세트)

이 책의 전체 또는 일부를 재사용하려면
저작권자와 을유문화사의 동의를 받아야 합니다.

책값은 뒤표지에 있습니다.
잘못된 책은 구입처에서 바꾸어 드립니다.

목차

일러두기

1. 본 작품의 번역 판본은
   Tiina Nunnally가 영역한
   『Childhood』(Farrar, Straus
   and Giroux, 2021)이며, 원어인
   덴마크어판 및 스페인어판을
   참고했다.
2. 본문의 각주는 모두 옮긴이와
   편집자 주다.

옮긴이. 서제인

기자, 편집자, 작가 등 글을 다루는 다양한 일을 하다가 번역을 시작했다.
거대하고 유기체적인 악기를 조율하는 일을 닮은 번역 작업에 매력을 느낀다.
옮긴 책으로 『잃어버린 단어들의 사전』, 『노마드랜드』, 『아파트먼트』가 있다.

1

아침이면 희망이 있었다. 희망은 내가 감히 만져 볼 엄두를 내지 못하는 어머니의 부드럽고 검은 머리칼 속에, 금세 사라질 듯 반짝이는 빛처럼 어려 있었다. 그것은 내 혀 위에, 스페인 독감과 베르사유 조약에 관한 신문 기사 위에서 서로 맞잡은 채 움직임 없이 놓인 어머니의 가녀린 손을 바라보며 내가 천천히 먹고 있던 미지근한 오트밀과 설탕에 섞여 있었다. 아버지는 일하러 나갔고, 오빠는 학교에 있었다. 그러니 어머니는 내가 거기 있는데도 혼자였고, 내가 완벽하게 가만히 있으면서 아무 말도 하지 않으면, 어머니의 수수께끼 같은 마음속에 있는 아득한 고요함은 아침이 다 지나고 어머니가 보통의 주부들처럼 이스테드가데에 장을 보러 나가야 할 때까지 계속되곤 했다.

　　태양은 집시 왜건 안쪽에서부터 솟아난 것처럼 그 위에 떠올라 있었고, 웃통을 벗은 '옴' 한스가 두 손에 세숫대야를 든 채 왜건 밖으로 나왔다. 자기 몸에 물을 끼얹은 그가 수건을 달라고 손을 내밀자 '예쁜이' 릴리가 수건을 건네주었다. 서로에게 아무 말도 하지 않는 그들은 마치 페이지를 후루룩 빠르게 넘길 때 책 속으로 보이는 그림들 같았다. 우리 어머니처럼 그들도 몇 시간 후에는 달라질 것이었다. 옴 한스는 구세군 병사였고, 예쁜이 릴리는 그의 애인이었다. 여름이면 그들은 한 무리의 어린아이들을 녹색 왜건에 태우고는 차를 몰아 시골로 데려갔다. 아이들의 부모들은 이렇게 해 주는 그들에게 하루에 1크로네씩을 냈다. 나 역시 세 살 때, 일곱 살이던 오빠와 함께 가 본 적이 있었다. 나는 이제 다섯 살이 되었고, 그 여행에서 기억나는 것이라고는 예쁜이 릴리가 나를 왜건 바깥으로, 내 생각에는 사막 같던 따뜻한 모래 위로 내보냈었다는 것뿐이었다. 나를 내려놓은 녹색 왜건은 멀리로 달려가면서 점점 작아지고 또 작아졌다. 그 안에는 오빠가 타고 있었고, 나는 다시는 오빠도 어머니도 못 보게 될 것 같았다. 아이들이 집에 돌아왔을 때 그 애들은 모두 옴에 걸려 있었다. 그게 옴 한스가 그런 별명을 갖게 된 이유였다. 하지만 예쁜이 릴리는 예쁘지 않았다. 예쁜 건 우리어머니였는데, 내가 어머니를 완전한 평화 속에 내버려두는 그 이상하고 행복한 아침들이면 특히 그랬다. 아름답고, 닿을 수 없고, 외롭고, 나로서는 절대 알지 못할 비밀스러운 생각들로 가득한 모습. 어머니 뒤쪽 벽에 발려 있는 꽃무늬 벽지는 찢어진 조각들을 아버지가 갈색 테이프로 붙여 놓은 것이었고, 거기에는 창밖을 내다보는 여자를 그린 그림 한 점이 걸려 있었다. 여자 뒤편의 마룻바닥에는 어린 아기가 누운 요람이 놓여 있었다. 그림 밑에는 '남편이 바다에서 돌아오기를 기다리는 여자'라는 설명이 적혀 있었다. 가끔씩 어머니는 문득 나를 발견하고는 위쪽을 향해 있는 내 시선을 따라가, 내 눈에는 그토록 섬세하고 슬퍼 보이는 그 그림을 쳐다보곤 했다. 하지만 어머니는 웃음을 터뜨렸고, 그럴 때면 공기로 가득 찬 수십 개의 종이봉투들이 한꺼번에 터지는 소리가 났다. 세상을 채우고 있던 침묵이 그렇게 깨져 버렸기에 내 심장은 괴로움과 슬픔으로 쿵쾅거렸지만 나는 어머니와 함께 웃었다. 그건 내가 그러기를 어머니가 기대해서였고, 또한 나 역시어머니와 마찬가지로 잔인한 즐거움에 사로잡혀 있어서이기도 했다. 어머니는 의자를 옆으로 밀치고는 자리에서 일어나 주름 잡힌 잠옷 차림으로 두 손을 허리에 올리고 그림 앞에 섰다. 그러고는, 그날 시간이 좀 더 지나 상점 주인들과 물건 값을 흥정하기 시작할 때 내게 될 목소리와는 다른, 어머니에게 어울리지 않는 또렷하고 반항적인 소녀의 목소리로 이런 노래를 불렀다.

> 나의 튈에게 내가 바라는 걸
> 노래하면 안 될까?
> 자장, 자장, 자장,
> 창문에서 물러나렴, 친구야,
> 다음에 다시 오렴.
> 서리와 추위가 늙은 거지를
> 다시 집으로 데려왔단다.

그 노래가 마음에 들지는 않았지만, 어머니가 나를 즐겁게 해 주려고 불렀기 때문에 나는 큰 소리로 웃어야 했다. 그럼에도 그건 내 잘못이었다. 내가 그 그림을 쳐다보지 않았더라면 어머니는 나를 알아차리지도 못했을 테니까. 그랬더라면 어머니는 두 손을 조용히 맞잡은 채 무정하고 아름다운 두 눈을 우리 사이의 완충 지대에 고정하고 계속 거기 앉아 있었을 것이다. 그리고 나는 오랫동안 마음속으로 '어머니'라고 계속 속삭일 수 있었을 테고, 어떤 신비로운 방식으로 어머니가 그 말을 들었다는 걸 알 수 있었을 것이다. 나는 어머니가 말없이 내 이름을 부르도록, 그리고 우리가 서로에게 이어져 있다는 걸 알 수 있도록 어머니를 오랫동안 혼자 내버려 두었을 것이다. 그러면 사랑 비슷한 무언가가 온 세상을 가득 채웠을 테고, 그것을 느낀 옴 한스와 예쁜이 릴리는 계속 책 속의 색칠된 그림처럼 남아 있었을 것이다. 하지만 현실에서 그들은 노래가 끝나자마자 싸우고, 소리를 지르고, 서로의 머리칼을 잡아당기기 시작했다. 그 화난 목소리들이 곧바로 계단에서 거실로 쏟아져 들어오기 시작했기에, 나는 내일은 벽에 걸린 그 안타까운 그림이 거기 있지도 않다는 듯 행동하겠다고 마음속으로 다짐했다.

그렇게 희망이 박살나고 나면, 어머니는 옷가지 하나하나가 자신에게 모욕이기라도 한 것처럼 난폭하게 짜증을 내는 몸짓으로 옷을 입곤 했다. 나 역시 옷을 입어야 했고, 세상은 차갑고 위험하고 험악한 곳으로 변했는데, 어머니의 어두운 분노가 언제나 내 얼굴을 철썩 때리거나 난로 쪽으로 나를 밀어붙이는 것으로 끝났기 때문이었다. 그렇게 낯설고 이상해진 어머니를 볼 때마다, 나는 내가 태어났을 때 바뀐 아이고 저 사람은 절대로 내 어머니가 아니라고 생각했다. 옷을 다 입은 어머니는 침실 거울 앞에 서서 분홍색 화장 종이에 침을 묻힌 다음 그걸로 두 뺨을 박박 문질렀다. 나는 컵들을 부엌으로 내갔고, 내 안에서는 보호막 같은 길고 신비로운 말들이 서서히 마음을 가로질러 가기 시작했다. 마치 노래나 시 같았던 그 말들은 위로가 되고 리드미컬한 데다 굉장히 깊은 생각을 담고 있으면서도 절대 고통스럽거나 슬프지는 않았는데, 그건 내가 이미 오늘의 나머지 시간들이 고통스럽고 슬플 거라는 사실을 알고 있어서였다. 말들로 이루어진 이 가벼운 물결이 내 안에 흘러 지나갈 때면, 나는 어머니가 내게 더 이상 중요한 사람이 아님을, 그래서 내게 다른 어떤 영향도 끼칠 수 없음을 알아차렸다. 마찬가지로 그 점을 알아차린 어머니의 두 눈에는 차가운 적대감이 가득 들어차곤 했다. 내 마음이 이런 식으로 달라져 갈 때 어머니는 절대 나를 때리진 않았다. 그러나 내게 말을 하지도 않았다. 그 순간부터 다음날 아침까지 서로 가까이 있는 건 우리 두 사람의 몸뿐이었다. 그나마, 공간이 비좁은데도 우리 두 사람의 몸은 손톱만큼도 서로에게 닿으려 하지 않았다. 벽에 걸린 그림 속 선원의 아내는 여전히 남편을 기다리며 지켜보고 있었지만, 어머니와 내 세계에는 남자나 남자아이들이 필요하지 않았다. 기묘하고 한없이 부서지기 쉬운 우리의 행복은 오직 우리

둘만 있을 때만 무럭무럭 자라났고, 내가 더 이상 어린
애가 아니게 된 뒤로는 어머니가 나를 이따금씩 슬쩍
쳐다보는 드문 순간들이 아니고서는 사실상 돌아오지
않았다. 지금, 나를 바라보던 어머니의 그 시선들은 내
게 훨씬 더 소중해졌다. 어머니는 돌아가셨고, 이제는
사실대로 어머니의 이야기를 해 줄 사람이 아무도 없
기 때문이다.

2

저 아래, 내 어린 시절의 맨 밑바닥에는 아버지가 웃으
며 서 있다. 아버지는 난로처럼 커다랗고 시커멓고 나
이가 많지만 나는 아버지가 조금도 두렵지 않다. 내가
아버지에 대해 아는 모든 것은 내가 알아도 되는 것들
이고, 뭔가 다른 걸 알고 싶다면 나는 그냥 묻기만 하
면 된다. 아버지가 내게 스스로 말을 거는 일은 없는데,
그건 어린 여자아이들에게 무슨 말을 해야 하는지 모
르기 때문이다. 아버지는 가끔씩 내 머리를 쓰다듬으며
"헤, 헤"라고 말한다. 그러면 어머니는 입술을 앙다물
고, 그걸 본 아버지는 황급히 손을 치운다. 남자인 데다

우리 모두를 부양하고 있기 때문에 아버지에게는 몇 가지의 특권이 있다. 어머니는 그 사실을 어쩔 수 없이 받아들이기는 하지만 그럴 때마다 꼭 불만을 터뜨린다. "우리처럼 당신도 앉아 있을 수 있잖아, 안 그래?" 아버지가 소파에 누워 있을 때면 어머니가 하는 말이다. 그리고 아버지가 책을 읽을 때면 어머니는 이렇게 말한다. "사람들은 책을 읽으면 이상해지더라. 책 속에 적혀 있는 건 죄다 거짓말이야." 일요일이면 아버지는 맥주를 마시고 어머니는 이렇게 말한다. "그거 한 병에 26외레야. 당신이 그렇게 계속 마셔 대면 우린 결국 순홀름에 가게 될 거야." 순홀름에 가면 밀짚 위에서 잠을 자고 소금에 절인 청어를 하루에 세 번씩 먹게 된다는 걸 알지만, 나는 두렵거나 외로울 때 지어내는 시 속에 그 이름을 사용한다. 그 단어는 아버지의 책 속에 있는, 내가 무척이나 좋아하는 그림처럼 아름답기 때문이다. 제목이 〈노동자 가족의 소풍〉인 그 그림은 아버지와 어머니, 그리고 두 아이를 보여 준다. 그들 모두는 푸른 잔디 위에 앉아 자기들 사이에 놓인 소풍 바구니에서 음식을 꺼내 먹으며 웃고 있다. 네 명 모두 아버지의 머리 근처 잔디에 꽂힌 깃발을 올려다보는 중이다. 깃발은 선명한 빨간색이다. 나는 그 그림을 언제나 아래위가 뒤집힌 상태로 보게 된다. 아버지가 그 책을 읽고 있을 때만 그 그림을 엿볼 수 있기 때문이다. 그럴 때면 어머니는 아직 어둡지 않은 데도 불을 켜고 노란 커튼을 친다. "우리 아버지는 나쁜 놈에다 술주정뱅이이긴 했어도," 어머니가 말한다. "최소한 사회주의자는 아니었는데." 아버지는 계속 조용히 책을 읽는데, 그건 가는 귀가 살짝 먹었기 때문이고, 그것 역시 비밀이 아니다. 우리 오빠인 에드빈은 자리에 앉아 판자에 못들을 탕탕 두들겨 박고, 나중에 펜치로 다시 뽑아낸다. 에드빈은 숙련공이 될 예정이다. 그건 몹시 특별한 일이다. 숙련공들은 식탁에 신문 대신 진짜 식탁보를 깔고 나이프와 포크를 써서 음식을 먹는다. 그들은 일자리를 잃는 일도 없고 사회주의자들도 아니다. 에드빈은 잘생겼고, 나는 못생겼다. 에드빈은 똑똑하고, 나는 멍청하다. 그것들은 길을 내려가면 있는 빵집 지붕에 찍힌 흰색 글자들처럼 변함없는 사실이다. 거기에는 '「폴리티켄」지가 최고의 신문입니다.'라고 적혀 있다. 한번은 내가 아버지에게 왜 「폴리티켄」 대신에 「소시알 데모크라텐」을 읽는 거냐고 물었는데, 아버지는 그냥 이마를 찡그리더니 헛기침을 할 뿐이었다. 어머니와 에드빈은 내가 그토록 믿을 수 없을 만큼 멍청하다는 사실에 종이봉투 터지는 소리를 내며 웃음을 터뜨렸지만.

수천 번의 저녁이 지나가는 동안 거실은 빛과 온

기로 가득한 섬이 된다. 우리 네 명은 아버지가 『파밀리에 요우르날렌』지[1]에 나오는 집을 본떠 만든 인형 극장의 뒤쪽 벽에 붙어 있는 종이 인형들처럼 언제나 거기 있다. 계절은 언제나 겨울이고, 바깥세상은 침실이나 부엌처럼 얼어붙을 듯 춥다. 거실은 시간과 공간 속을 미끄러지듯 나아가고 난로에선 불꽃이 으르렁거린다. 에드빈이 망치로 시끄러운 소리를 잔뜩 내긴 하지만, 내게는 아버지가 금지된 책의 책장을 넘길 때 나는 소리가 더 시끄럽게 들린다. 아버지가 책장을 제법 많이 넘기고 나자 에드빈은 갈색으로 빛나는 커다란 두 눈으로 어머니를 바라보면서 망치를 내려놓는다. "어머니, 노래 한 곡 안 하실래요?" 에드빈이 말한다. "좋아." 어머니가 미소 지으며 대답하고, 동시에 아버지는 책을 배 위에 내려놓고 무언가 말하고 싶은 것처럼 나를 쳐다본다. 하지만 아버지와 나는 서로에게 하고 싶은 말을 절대로 하지 않을 것이다. 에드빈이 벌떡 일어나더니 어머니가 유일하게 갖고 있고 좋아하는 책을 어머니에게 건넨다. 그것은 군가를 모아 놓은 책이다. 어머니가 책장을 넘기는 동안 에드빈은 어머니의 몸 위로

---

1   가정 및 여성 생활을 다룬 덴마크의 주간지로, 1877년에
    창간되어 지금까지 발간 중이다.

몸을 굽히고 서 있다. 당연하게도 둘의 몸은 서로 닿지 않지만, 그들은 아버지와 나를 배제하는 듯한 방식으로 함께한다. 어머니가 노래를 시작하자마자 아버지는 금지된 책 위에 두 손을 맞잡아 얹은 채 잠에 빠진다. 어머니는 마치 자신이 노래하는 가사와 자신은 아무 관계도 없다고 주장하려는 것처럼 커다랗고 새된 목소리로 노래한다.

> 어머니 — 당신인가요?
> 지금껏 울고 계셨군요.
> 먼 길을 걸어오셨네요, 잠도 못 주무시고요.
> 전 이제 행복해요. 울지 마세요, 어머니.
> 이 모든 끔찍함에도 와 주셔서 감사해요.

어머니가 부르는 노래들은 모두 여러 절로 되어 있는데, 어머니가 1절 끝부분에 다다르기 전에 에드빈은 다시 망치질을 시작하고 아버지는 큰 소리로 코를 곤다. 에드빈은 그저 책을 읽는 아버지를 향한 어머니의 분노를 다른 데로 돌려 보려고 노래를 청한 것이다. 에드빈은 남자고, 남자아이들은 들으면 눈물이 나는 노래를 좋아하지 않는다. 그리고 어머니는 내가 우는 걸 좋아하지 않고, 그래서 나는 그저 울컥한 상태로 거기 앉아 곁눈질로 그 책 속의 그림을 들여다본다. 그림 속에서는 전쟁터에서 죽어가는 한 병사가, 내가 알기로 현실에는 없는 것, 그러니까 자기 어머니의 빛나는 영혼 쪽으로 손을 뻗어 올리고 있다. 그 책에 실려 있는 모든 노래는 주제가 비슷하고, 어머니가 그것들을 부르는 동안 나는 하고 싶은 모든 일을 할 수 있다. 자신만의 세계에 폭 빠져들었을 때의 어머니는 자기 바깥의 어떤 방해물도 감지하지 못하기 때문이다. 아래층에서 사람들이 싸우고 말다툼하기 시작해도 어머니는 듣지 못한다. 아래층에는 기다란 금발머리를 땋아 내린 라푼젤이 아직 자신을 블루벨 한 다발에 마녀에게 팔아 버리지는 않은 부모와 함께 살고 있다. 왕자는 우리 오빠인데, 그는 자기가 머지않아 탑에서 떨어져 눈이 멀게 될 거라는 사실을 모른다. 판자에 못들을 탕탕 두들겨 박는 오빠는 가족의 자랑이자 기쁨이다. 그게 남자아이들의 역할인 반면, 여자아이들은 그저 결혼하고 아이들을 낳을 뿐이다. 여자아이들은 다른 누군가가 부양해 주어야 하며, 다른 무엇도 바라거나 기대할 수 없는 처지다. 칼스버그에서 일하는 라푼젤의 부모님은 각자 하루에 맥주를 50병씩은 마셔 댄다. 저녁에 집에 온 다음에도 계속 술을 마시는 그들은 내가 잠자리에 들기 조금 전쯤부터 소리를 지르면서 라푼젤을 굵은 몽둥이로 때리기 시작한다. 라푼젤은 언제나 얼굴이나 다리에 멍이 든 채 학교에 간다. 딸을 두드려 패는 일에도 진력이 나면 그들은 유리병과 부러진 의자 다리를 들고 서로를 공격하고, 종종 경찰이 찾아와 그들 중 한 명을 데려가면 마침내 고요함이 건물에 드리워진다. 우리 어머니도 아버지도 경찰을 좋아하지 않는다. 라푼젤의 부모님은 원한다면 편안히 서로를 죽일 수 있게 허락 받아야 한다고 우리 부모님은 생각한다. "참 대단한 분들을 위해서 일을 하는구먼." 아버지는 경찰에 대해 이렇게 말하고, 어머니는 경찰이 와서 외할아버지를 데려가 감옥에 가뒀던 때의 이야기를 종종 꺼냈다. 어머니는 그 일을 잊지 못할 것이다. 아버지는 술도 안 마시고, 감옥에 갇힌 적도 없다. 우리 부모님은 싸움도 하지 않으니 부모님이 어렸을 때와 비교하면 내 상황이 훨씬 낫다. 그래도, 아래층이 조용해지고 내가 잠자리에 들어야 할 시간이 되면 어둡고 강렬한 두려움이 내 머릿속을 온통 점령한다. "잘 자렴." 어머니는 그렇게 말하고 문을 닫은 다음 따뜻한 거실로 돌아간다. 그러면 나는 내 원피스를 벗고, 모직 페티코트를, 보디스를, 내가 해마다 크리스마스 선물로 받는 검은색 긴 스타킹을 벗는다. 나는 잠옷에 머리부터 넣어 입고는 잠깐 동안 창턱에 앉는다. 그러고는 저 아래 마당의 어둠 속을, 방금 비가 내린 것처럼 늘 눈물을 흘리고 있는 앞쪽 건물의 벽을 바라본다. 어떤 창문에도 불빛이 보이는 경우는 거의 없는데, 그 방들은 침실이고, 품위 있는 사람들은 불을 켜 놓고 잠을 자지 않기 때문이다. 벽들 사이로 난 작은 정사각형 모양의 하늘 조각을 보면 가끔씩 별 하나가 빛나고 있다. 나는 그 별을 저녁 별이라 부르고, 어머니가 불을 끄려고 방에 들어와 있을 때면 있는 힘을 다해 그 별을 떠올린다. 그러고는 침대에 누운 채, 문 뒤에 놓인 옷 무더기가 길고 구부러진 팔들로 변하더니 내 목을 휘감으려고 다가오는 모습을 지켜본다. 나는 소리를 지르려 하지만 입에서는 가냘프게 속삭이는 소리만 새어 나올 뿐이고, 마침내 비명이 터져 나올 때쯤 침대 전체와 내 몸은 모두 땀에 흠뻑 젖어 있다. 아버지가 문간에 나타나고 불이 켜진다. "그냥 악몽을 꾼 거야." 아버지가 말한다. "어렸을 때는 나도 악몽에 엄청 시달렸단다. 하지만 그때는 시대가 달랐지." 아버지는 뭔가를 가늠하듯 나를 쳐다보는데, 이렇게 괜찮은 삶을 사는 어린아이는 악몽을 꾸어서는 안 된다고 생각하는 것 같다. 나는 아버지에게 방금 지른 비명은 그저 잠깐의 바보 같은 기분 때문이었다고 변명하려는 듯 수줍은 미소를 짓는다. 여자아이는 잠옷 입은 모습을 남자에게 보이면 안 되기 때문에 나는 깃털 이불을 턱까지 바짝 끌어올린다. "그래, 이제 됐구나." 그렇게 말한 아버지는 불을 끄고 다시 밖으로 나가고, 그러면서 어찌어찌 내 두려움도 가져간다. 이제 나는 조용히 잠들 수 있다. 문 뒤의 옷들은 그저 낡은 넝마 무더기일 뿐이다. 나는 꼬리에 꼬리를 문 무섭고 사악하고 위험한 일들을 질질 끌며 창밖을 지나쳐 가는 밤으로부터 도망치기 위해 잠든다. 내가 깃털 이불 아래 안전하게 누워 있는 동안, 낮에는 그토록 밝은 축제 분위기였던 이스테드가데에서는 경찰차와 구급차들이 사이렌을 울린다. 배수로에는 술 취한 남자들이 깨진 머리에서 피를 흘리며 누워 있고, 카페 샤를레스에 들어갔다가는 누구든 살해당할 것이다. 그게 오빠가 하는 이야기고, 오빠가 하는 이야기는 뭐든 다 사실이다.

3

나는 가까스로 여섯 살이 되었고, 읽고 쓸 수 있기 때문에 곧 학교에 입학하게 될 것이다. 어머니는 자기 말을 참고 들어 주는 모든 사람에게 자랑스레 이 사실을 알린다. 어머니의 말은 이렇다. "가난한 집 아이들도 머리는 좋을 수 있어." 그렇다면 어머니는 결국에는 나를 사랑한다는 걸까? 어머니와 나의 관계는 친밀하지만 고통스럽고 불안정하기도 해서, 나는 늘 어머니가 나를 사랑한다는 신호를 계속 찾아 헤매야 한다. 내가 하는 모든 일은 어머니를 기쁘게 하고 미소 짓게 하기 위한, 아니면 어머니의 격한 분노를 피하기 위한 것이다. 그건 몹시 지치는 일이다. 그러는 동시에 어머니로부터 아주 많은 것을 숨겨야만 하기 때문이다. 나는 어떤 것들은 엿들어서 알고, 어떤 것들은 아버지의 책에서 읽어서 알고, 또 어떤 것들은 오빠가 내게 말해 주어서 안다. 최근에 어머니가 병원에 입원했을 때 나와 오빠는 아그네테 이모와 페테르 이모부네 집으로 보내졌다. 그분들은 우리 어머니의 언니와 그 돈 많은 남편이다. 그분들은 어머니가 심하게 배탈이 났다고 했지만, 에드빈은 웃기만 하더니 나중에 어머니가 '중절'을 한 거라고 내게 설명해 주었다. 어머니 뱃속에 아기가 들어 있었는데 그 속에서 죽었다고 했다. 그래서 사람들이 어머니 배꼽 아래를 갈라 열고는 아기를 꺼냈다는 것이었다. 그 이야기는 신비하면서도 끔찍했다. 어머니가 병원에서 집으로 돌아왔을 때 싱크대 아래 양동이에는 매일 같이 피가 가득 차 있었다. 그 생각을 할 때마다 내 눈앞에는 그림 한 장이 떠오른다. 사샤리아스 닐센[2]의 단편집에 실려 있는 그것은 긴 붉은색 원피스를 입은 대단히 아름다운 여자를 그린 그림이다. 여자는 하얗고 여윈 손을 가슴 아래쪽에 대고는 우아하게 차려

---

2   엔스 페테르 사샤리아스 닐센(1844~1922). 덴마크의 시인,
     작가, 교사

입은 신사에게 말한다. "저는 심장 밑에 아기를 품고 있어요." 책 속에서 그런 일들은 피에 물들어 있지 않고, 아름다우며, 나를 안심시키고 기운 나게 해 준다. 에드빈은 내가 너무 이상한 아이라서 학교에 가면 엄청 맞고 다닐 거라고 한다. 내가 이상한 아이인 이유는 내가 아버지와 마찬가지로 책을 읽기 때문이고, 또 아이들과 어떻게 놀아야 하는지 모르기 때문이다. 그래도 나는 어머니의 손을 잡고 엔헤우바이 학교의 붉은 교문을 들어서면서 무서워하지 않는다. 내가 독특한 존재라는, 완전히 새로운 느낌을 최근에 어머니가 내게 불어넣어 주었기 때문이다. 새 코트를 입은 어머니는 털 달린 칼라를 귀 근처까지 세우고 허리에는 벨트를 매고 있다. 화장 종이로 문지른 두 뺨은 붉고, 입술도 마찬가지이며, 두 눈썹은 양 관자놀이를 향해 꼬리를 철썩대는 두 마리의 작은 물고기처럼 보이게 그려져 있다. 다른 아이들 중에 우리 어머니만큼 예쁜 어머니를 둔 아이는 아무도 없다는 확신이 든다. 나는 에드빈의 옷을 수선해서 입고 있지만, 수선해 준 사람이 로살리아 이모라서 아무도 알아보지 못한다. 로살리아 이모는 재봉사인데 우리 오빠와 나를 자기 자식처럼 사랑한다. 이모에게는 자식이 없다.

사람이 하나도 없는 것처럼 보이는 건물에 들어서

자 자극적인 냄새가 내 코를 찌른다. 그 냄새를 알아차린 내 심장이 조여든다. 내가 이미 잘 아는 두려움의 냄새다. 어머니도 그걸 알아차렸는지 계단을 올라갈 때 내 손을 놓는다. 교장실에서 우리를 맞아들이는 사람은 마녀처럼 생긴 여자다. 녹색 빛이 도는 여자의 머리칼은 머리 위에 새 둥지처럼 얹혀 있다. 여자가 한쪽 눈에만 안경을 쓰고 있어서 나는 다른 쪽 안경알은 깨졌나 보다고 생각한다. 내 눈에 여자는 입술이 없는 것처럼 보이고—너무도 꽉 다물고 있어서다—그 위로는 작은 구멍이 수두룩하고 끝이 빨갛게 달아오른 커다란 코가 툭 튀어나와 있다. "으음." 여자가 자기소개도 하지 않고 말한다. "그러니까 네 이름이 토베니?" "네." 어머니가 대답하지만, 여자는 의자를 내주기는커녕 어머니를 힐끗 쳐다보지조차 않는다. "그리고 애는 실수 안 하고 읽고 쓸 줄 안답니다." 여자는 나를 마치 바위 밑에서 찾아낸 찜찜한 물체처럼 쳐다본다. "유감이네요." 여자가 차갑게 말한다. "아시겠지만 저희는 아이들에게 읽고 쓰기를 가르치는 저희만의 방식이 있어서요." 어머니가 겪는 모욕의 원인이 나일 때면 언제나 그렇듯, 내 두 뺨이 수치심으로 온통 붉게 물든다. 자랑스러운 마음은 사라지고, 내가 독특한 존재라는 데서 생겨났던 짧은 기쁨도 부서져 내린다. 어머니는 내게서 조금 떨어진 곳으로 비켜서더니 힘없이 말한다. "아이가 혼자 깨친 거예요. 저희 잘못은 아니죠." 나는 어머니를 올려다보고는 많은 것을 한꺼번에 이해한다. 어머니의 키는 다른 여자 어른들보다 작고, 어머니는 다른 어머니들보다 젊으며, 우리가 사는 구역 바깥에는 어머니가 두려워하는 세계가 있다. 그리고 언제든 우리 둘이서 그 두려움을 함께 마주하게 되면 어머니는 나를 배신할 것이다. 우리가 거기 그 마녀 앞에 서 있는 동안, 나는 어머니의 손에서 주방용 세제 냄새가 난다는 것도 알게 된다. 나는 그 냄새가 몹시 싫다. 우리가 여전히 완전한 침묵에 잠긴 학교를 떠날 때, 내 마음은 그 순간부터 나머지 평생 동안 어머니가 내 안에서 불러일으킬 혼돈으로 가득 찬다. 분노와 슬픔, 연민이 뒤섞인 그것.

4

한편으로는 어떤 사실들이 존재한다. 사실들은 거리의 가로등 기둥과 마찬가지로 딱딱하게 고정돼 있지만, 적어도 가로등들은 저녁에 점등인이 마법의 지팡이로 건드릴 때면 달라지기는 한다. 밤과 낮 사이의 짧고 모호한 시간에, 모든 사람이 녹색 대양의 밑바닥을 걷듯 조용하고 느리게 움직이는 그 시간에, 커다랗고 보드라운 해바라기들처럼 환하게 빛을 내는 것이다. 그러나 사실들은 환하게 빛을 내는 법도 없고, 내가 태어나서 처음으로 읽은 책들 중 한 권인 『디테, 사람의 아이』처럼 마음을 촉촉하게 해 주지도 못한다. "그건 사회 소설이야." 아버지는 학자라도 되는 듯 이렇게 말하고, 아마도 그 말은 사실이겠지만, 그 사실은 내게 아무것도 말해주지 않고, 아무런 쓸모도 없다. "바보 같은 소리." 나와 마찬가지로 '사실'들을 좋아하지 않지만 나보다는 쉽게 그것들을 무시할 수 있는 어머니가 말한다. 아버지는 드물게 정말로 어머니에게 화가 날 때면 어머니가 온통 거짓말만 한다고 말하지만, 나는 그렇지 않다는 걸 안다. 마치 아이마다 자신만의 어린 시절이 있듯이 모든 사람에게는 자신만의 진실이 있음을 안다. 어머니의 진실은 아버지의 진실과는 전혀 다른데, 그건 아버지의 눈은 갈색이고 어머니의 눈은 푸른색이라는 사실만큼이나 명백하다. 다행히도 세상은 우리가 마음속의 진실을 비밀로 해 둘 수 있는 구조로 만들어져 있지만, 학교 성적표와 세상의 역사와 법률과 교회 문서에는 잔인하고 쓸쓸한 사실들이 기록된다. 아무도 그것들을 바꿀 수 없고, 감히 바꾸려는 시도도 하지 않는다. 심지어 주님조차도, 빼다 박았을 정도로 스타우닝[3] 총리와 비슷하게 생긴 그분조차도 어쩌지 못한다. 아버지는 자본가들이 가난한 사람들에게 맞서기 위한 수단으로 늘 주

---

3   토르발 스타우닝(1873~1942). 덴마크의 정치인. 사회민주당 대표였으며 덴마크의 총리직을 두 차례 역임했다.

님을 이용해 왔기 때문에 내가 그분을 믿어서는 안 된
다고 얘기한다.

그리하여,

나는 1918년 12월 14일 코펜하겐의 베스테르브로
에 있는 방 두 개짜리 작은 아파트에서 태어났다. 우리
는 헤데뷔가데 30A번지에 살았는데, 'A'는 우리 집이 단
지 뒤쪽에 있다는 뜻이었다. 창문을 통해 거리를 내려
다볼 수 있는 단지 앞쪽 건물에는 더 세련된 사람들이
살았다. 그 집들은 우리 집과 정확히 똑같았지만, 그곳
사람들은 한 달치 집세를 우리보다 2크로네 더 많이 냈
다. 내가 태어난 해는 세계 대전이 끝나고 하루 8시간
노동제가 도입된 해였다. 우리 오빠인 에드빈은 세계
대전이 시작되고 아버지가 하루 12시간 노동제로 일하
던 해에 태어났다. 화부였던 아버지는 용광로에서 튀어
오르는 불꽃들 때문에 언제나 두 눈이 충혈돼 있었다.
내가 태어났을 때 아버지는 서른일곱 살이었고, 어머니
는 그보다 열 살 어렸다. 뉘쾨빙 모르스에서 혼외자로
태어난 우리 아버지는 자기 아버지가 누군지 전혀 몰
랐다. 아버지는 여섯 살 때 양치기 소년으로 어딘가에
보내졌고, 거의 같은 시기에 아버지의 어머니는 플로우
트루프라는 이름의 도공과 결혼했다. 우리 할머니는 그
에게서 아홉 아이를 낳았지만, 나는 아버지의 이 이부

형제와 자매 들을 만나본 적이 없기에 그들에 대해서는 아무것도 모르고, 아버지 역시 그들에 대해 아무런 이야기도 한 적이 없다. 열여섯 살 때 코펜하겐으로 오면서 아버지는 가족 모두와 연락을 끊었다. 아버지는 글을 쓰겠다는 꿈이 있었는데, 사실 그 꿈을 완전히 포기한 적은 한 번도 없었다. 아버지는 어떤 신문사인가에 어찌어찌 수습기자로 취직했지만, 어떤 이유에선지 그 일 역시 그만두었다. 나는 아버지가 스물여섯 살 때 토르덴스크욜스가데에 있는 빵집에서 어머니를 만날 때까지 10년을 어떻게 보냈는지에 대해서는 아무것도 모른다. 그때 열여섯 살이던 어머니는 아버지가 제빵사의 조수로 있던 가게의 매대를 맡은 점원이었다. 알고 보니 두 사람의 약혼 기간은 비정상적이라 할 만큼 길었는데, 어머니가 자기를 속이고 다른 사람을 만나고 있다고 여긴 아버지가 여러 번 약혼을 깼기 때문이었다. 나는 그렇게 의심받던 날들의 대부분은 완전한 결백 속에서 흘러갔으리라고 생각한다. 그 두 사람은 각각 다른 행성에서 온 것처럼 그저 서로 너무 달랐을 뿐이다. 아버지는 우울하고 진지하며 도덕을 대단히 중시하는 사람이었지만, 어머니는 적어도 젊은 시절에는 쾌활하고 철없고 무책임하면서 허영심이 강했다. 여러 곳에서 가정부로 일했던 어머니는 뭔가가 마음에 안 들

때마다 그냥 일을 그만둬 버리곤 했다. 그러면 아버지가 그 집에 가서 하인용 규범집과 서랍장을 꺼내다 배달 자전거에 싣고는, 곧 어머니의 또 다른 불만을 사게 될 새로운 일터까지 운반해야 했다. 언젠가 어머니 자신이 내게 털어놓은 적도 있었다. 자기는 어떤 직장에 서든 달걀 하나 삶을 만큼도 오래 머무른 적이 없다고.

　　내가 일곱 살이 되던 해에 재앙이 우리를 덮쳤다. 어머니가 내게 막 녹색 스웨터 한 벌을 떠 주었을 때였다. 나는 그것을 입었고, 예쁘다고 생각했다. 하루가 끝날 무렵 우리는 아버지의 직장으로 마중을 나갔다. 아버지는 킹고스가데에 있는 리델&린데고르사에서 일했고, 그곳은 아버지가 언제나 다니던 직장이었다. 그러니까, 내가 태어난 뒤로는 말이다. 우리는 그곳에 조금 일찍 도착했다. 나는 연석을 따라 쌓인 채 녹아내리고 있는 눈 무더기에 다가가 그것을 발로 찼고, 어머니는 녹색 난간에 몸을 기대고 서서 기다리고 있었다. 그러다 아버지가 정문 밖으로 성큼성큼 걸어 나왔는데, 갑자기 내 심장이 빠르게 뛰기 시작했다. 아버지의 얼굴이 창백했고, 어딘가 좀 이상했고, 평소와는 달랐다. 어머니가 얼른 아버지에게 달려갔다. "디틀레우." 어머니가 말했다. "무슨 일이야?" 아버지는 땅바닥을 내려다보며 말했다. "나 해고됐어." 나는 그 단어를 몰랐지만 그것이 회복할 수 없는 손상을 입혔다는 것만큼은 알 수 있었다. 아버지가 일자리를 잃었다. 오직 남들에게만 덮쳐 오던 일이 우리를 덮친 것이었다. 지금까지 무엇이든 좋은 것만—비록 정말 쓸 수는 없었지만 어쨌든 일요일마다 내게 주어졌던 5외레에 이르기까지—선사해 왔던 리넬&린데고르사는 이제 아버지의 운명에도, 우리 가족에게도, 내게도, 그리고 심지어 아버지가 알아보지도 못한 내 새 스웨터에도 아무런 관심을 보이지 않는 사악하고 무시무시한 드래곤으로 변해서는 그 불덩어리 같은 입에서 우리 아버지를 토해 냈다. 집에 오는 동안 우리 중 누구도 입을 열지 않았다. 나는 슬그머니 어머니의 손에 내 손을 끼워 넣으려 했지만, 어머니는 난폭한 동작으로 내 팔을 밀쳐 냈다. 거실에 들어서자 아버지는 죄책감으로 무거워진 얼굴로 어머니를 바라보았다. "그래, 그래." 손가락 두 개로 검은 콧수염을 쓰다듬으며 아버지가 말했다. "실업 수당이 바닥날 때까지는 한참 남았을 거야." 마흔세 살, 이제 나이가 많아진 아버지는 안정적인 일자리는 얻을 수가 없었다. 그래도 노동조합 수당이 다 떨어지고 생활 보호를 받아야 할지 의논했던 때는 내 기억으로는 딱 한 번뿐이었다. 생활 보호 신청은 몸에 이가 있다거나 아동 지원금을 받아야 하는 것과 마찬가지로 잊기 힘든 부끄러움을 주는 일이어서, 부모님은 나와 오빠가 잠자리에 들고 나서야 작은 목소리로 의논을 이어 갔다. 생활 보호를 받으면 투표권이 상실되었지만, 어쨌건 우리는 굶주린 적은 없었다. 적어도 내 뱃속은 언제나 뭔가로 가득 차 있었다. 하지만 나는 그 경험을 통해 절반의 굶주림이라는 것을 알게 되었다. 그것은 딱딱해진 페이스트리와 커피만으로 며칠씩 때우다가 더 잘사는 집의 문가에서 흘러나오는 저녁 식사 냄새를 맡을 때 느껴지는 허기였다. 내가 먹던 페이스트리는 책가방 하나를 가득 채울 만큼 담으면 25외레였다.

그걸 사 오는 사람은 나였다. 매주 일요일 아침 6시 정각에 나를 불러 깨운 어머니는 부부 침대에 아직 잠들어 있는 아버지 곁에서, 깃털 이불 속에 꽁꽁 숨은 채로 내게 명령을 내렸다. 나는 길에 나서기도 전에 이미 추위에 꽁꽁 얼어버린 손으로 책가방을 거머쥐고는 아직 칠흑같이 깜깜한 계단을 뛰어 내려갔다. 그런 다음 거리로 통하는 문을 열고, 사방을 둘러보고, 앞쪽 건물의 창문들을 올려다보았다. 누구도 그렇게 비루한 일을 하고 있는 나를 봐서는 안 되기 때문이었다. 1930년대 베스테르브로에 존재하던 유일한 사회 복지 시설은 칼스베르바이 학교였지만, 그 학교의 급식 줄에 끼어 식사를 하는 건 품위 있는 일이 못 됐다. 에드빈과 내게는 허락되지 않는 일이었다. 하지만 품위에 관해 말하자면, 아버지가 실업자인 것도 그다지 품위 없는 상황이기는 마찬가지였다. 물론 학교에서 절반쯤 되는 아이들의 아버지가 실업자이긴 했지만, 어쨌건 우리 남매는 터무니없는 거짓말로 아버지의 불명예를 덮어 버렸다. 가장 흔하게 한 거짓말은 아버지가 비계에서 떨어지는 사고를 당해 병가를 쓰고 있다는 것이었다. 저 너머 튄데르가데의 빵집 근처에는 아이들이 길을 따라 구불구불한 뱀 모양으로 줄을 서 있었다. 모두들 가방을 들고 있었고, 모두들 그 특별한 빵집의 빵이 특히 갓 구워져 나올 때면 얼마나 맛있는지에 대해 재잘재잘 떠들어 댔다. 내 차례가 되자, 나는 가방을 카운터 위에 휙 던져 올리고 내가 사 가야 하는 품목을 속삭인 뒤에 큰 소리로 이렇게 덧붙였다. "혹시 크림 든 게 있으면 그걸로 주세요." 어머니는 분명히 흰 빵을 사 오라고 말했었는데 말이다. 집에 오는 길에 나는 새콤한 크림이 들어간 빵 네댓 개로 배를 꽉 채우고는 코트 소매에 입을 문질러 닦았고, 어머니가 가방 밑바닥까지 속속들이 뒤질 때 한 번도 들키지 않았다. 나는 내가 저지른 잘못 때문에 벌을 받는 일은 없었다. 있어도 몹시 드물었다. 어머니는 나를 자주, 그리고 심하게 때렸지만, 그 이유는 대체로 자기 마음대로였고 부당했다. 나는 그런 벌을 받을 때마다 은밀한 수치심이나 무거운 슬픔 비슷한 뭔가를 느꼈는데, 그런 감정은 내 눈에 눈물이 고이게 했고 어머니와 나 사이의 고통스러운 거리를 더욱 벌려 놓았다. 아버지는 절대로 나를 때리지 않았다. 오히려 나를 다정하게 대해 주었다. 내가 어린 시절에 읽은 모든 책은 아버지의 책이었다. 내 다섯 번째 생일날에 아버지는 『그림 형제의 옛날이야기』 한 권을 내게 주었는데, 무척 멋진 판본이었던 그 책이 없었다면 내 어린 시절은 회색빛으로, 음울함으로, 결핍으로 물들었을 것이다. 그런데도 나는 아버지를 향한 어떤 감정도 계속 강하게 품고 있을 수가 없었고, 그것 때문에 종종 자책하곤 했다. 특히 소파에 앉은 아버지가 그 조용하고 날카로운 시선으로 나를 쳐다볼 때면 더욱 그랬다. 그때 그는 내게 어떤 말이나 행동을 하고 싶은 것처럼, 표현할 엄두조차 못 냈던 무언가를 드러내고 싶은 것처럼 보였다. 그러나 나는 어머니의 딸이었고, 에드빈은 아버지의 아들이었다. 그 자연 법칙은 바꿀 수가 없었다. 한번은 내가 "'비탄'이 무슨 뜻이에요, 아버지?" 하고 물은 적이 있었다. 나는 막심 고리키의 작품에서 발견한 그 표현이 몹시 마음에 들었었다. 아버지는 말려 올라간 콧수염 양 끝을 쓰다듬으며 그 단어에 대해 오랫동안 곰곰이 생각했다. 그러고는 이렇게 말했다. "그건 러시아어에서 온 단어야. 고통과 비참함과 슬픔을 뜻하는 말이란다. 고리키는 위대한 시인이었지." 나는 기쁨에 차서 말했다. "나도 시인이 되고 싶어요!" 그러자 아버지는 곧바로 얼굴을 찡그리더니 엄한 목소리로 말했다. "바보 같은 소리! 여자는 시인이 될 수 없어!" 상처받고 화가 난 나는 다시 내 안에 틀어박혔고, 그러는 동안 어머니와 에드빈은 그 터무니없는 생각을 비웃었다. 나는 다시는 누구에게도 내 꿈을 털어놓지 않겠다고 맹세했다. 그러고는 어린 시절 내내 그 맹세를 지켰다.

5

지금은 저녁이고, 나는 언제나처럼 침실의 차가운 창턱에 올라앉아 마당을 내려다보고 있다. 내게는 하루 중 가장 행복한 시간이다. 두려움의 첫 번째 파도는 가라앉았다. 아버지는 잘 자라는 인사를 한 뒤에 따뜻한 거실로 돌아갔고, 문 뒤쪽에 쌓인 옷들은 더 이상 나를 겁나게 하지 못한다. 나는 신의 자애로운 눈동자를 닮은 나의 저녁 별을 올려다본다. 조심조심 나를 따라오는 그 별은 낮보다 내게 더 가까워진 것처럼 보인다. 언젠가 나는 내 안에 흘러 다니는 모든 말들을 글로 쓸 것이다. 언젠가 다른 사람들은 한 권의 책이 되어 나온 그 말들을 읽을 테고, 결국 여자가 시인이 될 수 있었다는 사실에 놀랄 것이다. 아버지와 어머니는 에드빈보다 나를 더 자랑스러워 할 것이고, 학교에서는 눈썰미 있는 어떤 선생님(아직 내가 만나본 적 없는 선생님)이 이렇게 말할 것이다. "꼬마 때부터 이미 알아봤지. 걔한텐 뭔가 특별한 게 있었어!" 내 안의 말들을 어딘가 적어놓고 싶은 마음이 너무도 간절하다. 하지만 그런 글들을 대체 어디다 숨겨 놓을까? 심지어 우리 부모님에게도 잠글 수 있는 서랍은 없다. 2학년이 된 나는 찬송가를 쓰고 싶어 한다. 내가 아는 가장 아름다운 말들이 그 안에 들어 있기 때문이다. 등교 첫날 우리는 이런 노래를 불렀다. '주여 감사와 찬미를 받으소서, 우리가 너무도 평화롭게 잠잤나이다.' 우리의 노래는 '이제 새처럼 활기차게, 바다의 물고기처럼 기운차게, 아침 햇빛이 창유리로 들어오니' 부분에 이르렀고, 나는 너무 행복하고 뭉클해진 나머지 울음을 터뜨렸고, 그걸 본 아이들은 모두 나를 비웃었다. 내 이상함 때문에 내가 눈물을 흘릴 때마다 어머니와 에드빈이 비웃던 것과 똑같은 상황이었다. 우리 반 아이들에게 언제나 최고로 우스꽝스러운 애로 찍힌 나는 곧 그런 광대 역할에 익숙해진다. 심지어 거기서 슬픈 위안을 느끼기까지 한다. 멍청하다고 공인된 내가 그나마 웃기기라도 하면, 자신

과는 다른 모든 존재를 향하는 아이들 특유의 비열함
으로부터 보호받을 수 있기 때문이다.

쥐구멍에서 쥐가 나오듯, 아치 모양의 현관에서 그
림자 하나가 기어 나온다. 사방이 어두운데도 나는 그
그림자가 변태성욕자임을 알아본다. 길에 사람이 없다
는 게 분명해지면 그 남자는 모자를 이마까지 눌러쓰
고 공중화장실로 달려간 다음 문을 조금 열어 놓는다.
안을 들여다볼 수는 없지만 나는 그가 뭘 하고 있는지
안다. 내가 그를 두려워하던 시간들은 지나갔지만, 우
리 어머니는 아직도 그를 겁낸다. 얼마 전에 어머니는
나를 데리고 스벤스가데 경찰서를 찾아갔다. 어머니는
몸을 떨 정도로 엄청나게 화를 내면서, 우리 건물에 사
는 여자들과 아이들이 그자의 추잡한 욕망 때문에 안
전하지 않다고 경관에게 이야기했다. "그자가 여기 있
는 내 어린 딸을 혼이 쏙 빠질 정도로 겁먹게 만들었다
고요." 어머니는 그렇게 말했다. 그러자 경관은 내게 그
변태성욕자가 '노출'을 한 적이 있었는지 물었고, 나는
분명한 확신을 담아 아니라고 대답했다. 나는 그 단어
를 오직 '그러므로 깃발이 올라갈 때마다 우리는 머리
를 노출하고'라는 구절로만 알고 있었고, 그 남자는 모
자를 벗은 적은 없었다. 집에 돌아오자 어머니는 아버
지에게 이렇게 말했다. "경찰은 아무것도 안 할 거야.

이 나라에는 법도 정의도 남아 있지 않다니까."

　끼익 하는 경첩 소리를 내며 문이 열리고, 웃음소리와 노랫소리, 욕하는 소리가 방 안의 엄숙한 침묵을 뚫고 들어와 내 안으로 스며든다. 나는 누가 오고 있는지 좀 더 잘 보려고 목을 길게 뺀다. 라푼젤과 라푼젤의 아버지, 그리고 라푼젤 부모님의 술친구 중 한 명인 '양철 코'다. 소녀는 두 남자 사이에서 걷고 있는데, 두 남자는 각자 한쪽 팔을 그 애의 어깨에 두르고 있다. 어떤 보이지 않는 가로등 불빛을 비춰 내기라도 하듯 라푼젤의 금빛 머리칼이 빛을 낸다. 그들은 큰 소리로 떠들어 대며 마당을 비틀비틀 가로지르고, 잠시 후 바깥 계단에서 요란한 소리가 들려온다. 라푼젤의 본명은 게르다고, 그 애는 거의 어른 같다. 적어도 열세 살은 됐을 것이다. 지난여름 그 애가 옴 한스와 예쁜이 릴리와 함께 집시 왜건을 타고 아주 어린 아이들을 돌봐 주러 갔을 때 우리 어머니는 이렇게 말했다. "게르다는 이번 여행에서 옴 말고 다른 것도 얻어 온 것 같구나." 나보다 나이가 많은 소녀들도 마당 한구석에 놓인 쓰레기통 근처에서 뭔가 비슷한 말을 했었다. 나는 종종 나도 모르게 그곳 언저리를 서성이곤 한다. 그 애들은 목소리를 낮춰 키득거리면서 말을 했고, 나는 그 말들이 무언가 얌전치 못하고 지저분하고 역겨운 이야기, 옴 한스와 라푼젤에 관한 어떤 이야기라는 것 말고는 아무것도 알 수가 없었다. 그래서 나는 용기를 내 어머니에게 게르다에게 정말로 무슨 일이 있었던 거냐고 물었다. 어머니는 성마른 목소리로 화를 내며 말했다. "아이고, 이 멍청아! 걔는 더 이상 순결하지가 않다고, 그 얘기야." 그렇지만 나는 여전히 조금도 이해가 되지 않았다.

나는 구름 한 점 없이 비단결 같은 하늘을 올려다보고, 그 하늘에 더 가까워지기 위해 창문을 연다. 마치 신이 그 너그러운 얼굴을 천천히 땅 위로 낮추고, 그분의 거대한 심장이 부드럽고 평온하게, 내 심장 아주 가까이에서 뛰는 것만 같다. 커다란 행복을 느끼자 길고 우울한 시 구절들이 내 마음을 뚫고 지나간다. 그 구절들은 내가 가장 가까워야 하는 사람들로부터 본의 아니게 나를 떼어 놓는다. 우리 부모님은 내가 신을 믿는다는 사실을, 그리고 내가 사용하는 언어를 좋아하지 않는다. 나 역시 부모님이 언어를 사용하는 방식에 혐오감을 느낀다. 부모님은 언제나 한결같이 상스럽고 거친 단어와 표현들을 쓰고, 그 표현들은 그분들이 전하려는 내용을 털끝만큼도 다듬어 주지 않는다. 어머니의 명령은 거의 언제나 이렇게 시작한다. "쫄딱 망하기 싫으면 내 말대로 해." 아버지는 자신의 이월란반도 사투리로 신을 욕하곤 한다. 그건 어쩌면 어머니가 하는 말만큼 나쁜 말은 아닐지도 모르지만 듣는 입장에서는 더 나을 게 없다. 크리스마스이브가 되면 우리 가족은 트리 주위를 걸으며 사회민주당 투쟁가를 부르는데, 그럴 때 내 마음은 괴로움과 부끄러움으로 쿡쿡 쑤셔 온다. 건물 어디서나, 심지어 가장 술에 절어 있고 신앙심 없는 집들에서도 아름다운 찬송가들이 들려오기 때문이다. 사람이면 누구나 부모님을 존경해야 하므로, 나는 내가 그분들을 존경한다고 되뇐다. 하지만 더 어렸을 때에 비하면 그분들을 존경하기가 점점 더 어려워진다.

가늘고 차가운 빗줄기가 얼굴을 때려서 나는 창문을 도로 닫는다. 그래도 저 밑에서 현관문이 열렸다 닫히며 나는 부드러운 소리만큼은 여전히 들을 수 있다. 곧 사랑스러운 피조물 하나가 마치 우아한 투명 우산에 매달려 떠다니듯 마당을 부드럽게 가로지른다. 우리 옆집에 사는 아름답고 요정 같은 여자, 케티다. 케티는 긴 노란색 실크 원피스 밑에 은색 하이힐을 신고 있다. 원피스 위에는 백설 공주가 떠오르는 하얀 모피를 둘렀다. 흑단처럼 까만 그 머리칼도 백설 공주와 똑같다. 밤마다 내 마음을 위로하는 그 모습, 아치 모양의 현관 바깥으로 나온 그 아름다움이 사라져 버리기까지는 아주 잠깐밖에 걸리지 않는다. 케티는 매일 저녁 이 시간에 외출하는데, 거기에 대해 우리 아버지는 주위에 아이들도 있는데 무슨 망신스러운 짓거리냐고 말한다. 나는 아버지의 말뜻을 이해하지 못한다. 어머니는 그 말에 대꾸하지 않는다. 낮 동안 어머니와 내가 종종 케티네 집 거실로 커피나 핫 초콜릿을 마시러 건너가기 때문이다. 그 멋진 공간에 있는 모든 가구는 붉은색 플러시 천으로 덮여 있고, 전등갓 역시 붉은색이고, 케티의 피부도 분홍빛 도는 흰색이다. 그 피부는 우리 어머니와 비슷하다. 케티가 더 젊다는 차이뿐이다. 어머니와 케티는 많이 웃고, 뭐가 그리 웃긴 건지 잘 알 수는 없지만 나도 함께 웃는다. 하지만 케티가 내게 이야기를 건네려 할 때마다 그것을 탐탁지 않아 하는 어머니는 나를 딴 데로 보낸다. 그건 로살리아 이모와 있을 때도 마찬가지인데, 로살리아 이모 역시 나와 이야기하는 걸 좋아한다. "애가 없는 여자들은 항상 남의 애들하고 노느라고 너무 바쁘지." 어머니는 이렇게 말한다. 나중에 어머니는 케티를 깎아내린다. 케티가 자신의 나이 많은 어머니를 마당이 내려다보이는 방, 그러니까 난방이 안 되는 방에서 지내게 하면서 거실에는 절대 들어오지 못하게 해서다. 케티의 어머니는 안데르센 부인이라고 불리는데, 우리 어머니 말에 의하면 그 여자는 결혼한 적이 없기 때문에 그런 호칭은 '가장 사악한 거짓말'이다. 그런 상황에서 아이를 갖는 건 엄청난 죄다. 그건 나도 안다. 언젠가 나는 어머니에게 케티가 왜 자기 어머니를 그렇게 심하게 대하는 거냐고 물었고, 어머니는 케티의 어머니가 자기 딸에게 아버지가 누군지 알려 주지 않았기 때문이라고 말했다. 그토록 끔찍한 일을 떠올릴 때면 정말이지 가족과 멀쩡한 관계를 맺고 있다는 사실에 감사해야만 할 것 같다.

케티가 사라지고 나자 공중화장실 문이 조심스럽게 열리더니, 변태성욕자가 앞쪽 건물 벽을 따라 게처럼 옆걸음으로 조금씩 걸어가서는 문으로 빠져나간다. 나는 그 남자에 대해서는 까맣게 잊고 있었다.

6

어린 시절은 **관棺**처럼 좁고 길어서, 누구도 혼자 힘으로는 거기서 나갈 수 없다. 그것은 늘 그 자리에 있고, 모두가 그것을 분명하게 볼 수 있다. 마치 귀염둥이 루드비가 '언청이'라는 걸 금방 알아볼 수 있는 것만큼이나, 아니면 예쁜이 릴리가 너무나 못생겨서 그 여자한테 어머니가 있었다고 상상하기조차 어려운 것만큼이나 분명하다. 못생기거나 팔자가 사나운 것들은 항상 아름다운 뜻을 담은 단어와 엮이는데, 그 이유는 아무도 모른다.

당신은 당신의 어린 시절에서 벗어날 수 없다. 그

것은 나쁜 냄새처럼 몸에 달라붙는다. 당신은 다른 아이들에게서 그것을 감지한다. 각각의 유년기는 특유의 냄새를 풍기기 때문이다. 자기 자신의 냄새는 알아차리지 못하는 우리는 때때로 자신에게서 남들보다 나쁜 냄새가 날까 봐 두려워한다. 당신이 어딘가에 서서 석탄과 재 냄새가 나는 시절을 보내고 있는 소녀에게 이야기를 하고 있는데, 갑자기 그 소녀가 당신의 삶이 풍기는 끔찍한 악취를 알아차리고 뒤로 한 걸음 물러나는 것이다. 그렇게, 은밀하게, 당신은 어린 시절을 내면에 품고 사는 어른들도 관찰한다. 그들의 어린 시절은 낡아서 좀이 슨, 더 이상 아무도 떠올리지 않고 아무런 쓸모도 없는 담요처럼 찢어지고 구멍 투성이가 되어 있다. 그저 쳐다만 본다고 해서 그들에게 어린 시절이 있었다는 사실을 알 수는 없다. 어떻게 눈에 띨 정도로 깊은 흉터를 얼굴에 얻지 않고 그 시기를 통과할 수 있었는지, 당신은 감히 그들에게 물을 수조차 없다. 어쩌면 그들은 어떤 비밀스러운 지름길을 이용해 예정보다 여러 해 일찍 어른의 겉모습을 걸쳐 입은 게 아닐까, 당신은 생각한다. 어느 날 집에 혼자 있을 때 그들은 그 일을 해냈고, 그때 그들의 어린 시절은 무쇠로 된 세 개의 족쇄처럼 그들의 심장에 채워진 것이다. 『그림 형제의 옛날이야기』에 나오는, 오직 자신의 주인이 자유로워졌을 때에야 자신의 족쇄도 풀렸던 '무쇠 한스'처럼 말이다. 하지만 그런 지름길을 모른다면 당신은 어린 시절을 견뎌야만 한다. 매 시간 그 속을, 그 절대로 끝나지 않을 시절 속을 터덜터덜 걸어가야만 한다. 오직 죽음만이 당신을 거기서 해방시킬 수 있기에 당신은 오랜 시간 죽음에 대해 생각하고, 어느 날 밤에는 죽음의 모습을 그려 보기도 한다. 그때 죽음은 당신의 눈꺼풀이 다시 열리지 않도록 입맞춤해 줄 하얀 로브 차림의 친절한 천사가 된다. 또 나는 이런 생각도 한다. 결국 언젠가 내가 어른이 되면 어머니가 지금 에드빈을 좋아하는 것처럼 나도 좋아해 줄 거라고 말이다. 내 어린 삶은 나를 짜증스럽게 하는 만큼이나 어머니도 짜증스럽게 하는 까닭에, 우리가 함께 있으면서 행복할 때는 오직 어머니가 그것의 존재를 갑작스럽게 깜빡할 때뿐이다. 그럴 때 어머니는 자기 친구들이나 로살리아 이모에게 말하는 방식으로 내게 말을 하고, 나는 내가 어린애에 불과하다는 사실을 어머니가 갑자기 기억해 내지 못하게 하려고 몹시 신경을 쓰면서 아주 짧게만 대답한다. 또한 어머니가 내 어린 삶의 냄새를 맡지 못하도록, 잡고 있던 손을 놓고 약간 떨어져 거리를 유지한다. 어머니와 함께 이스테드가데에 장을 보러 갈 때면 거의 늘 일어나는 일이다. 어머니는 자기가 젊었을 때 얼마나 재미있게 지냈는지 내게 말해 준다. 밤마다 춤추러 나갔고 댄스플로어를 떠나지 않았다고 한다. "매일 밤 남자 친구가 새로 생겼었어." 어머니는 그렇게 말하고 큰 소리로 웃는다. "하지만 디틀레우를 만나면서 그 일도 끝나 버렸지." 디틀레우는 우리 아버지고, 어머니는 아버지를 가리킬 때 그 이름 아니면 '아버지'라는 말을 쓴다. 아버지가 어머니를 '어머니' 아니면 '네 엄마'라고 부르는 것과 똑같다. 나는 어머니에게도 행복하고 어딘가 색다른 시간들이 있었지만, 디틀레우를 만나면서 그 모든 게 갑작스레 끝나 버린 것 같다는 느낌을 받는다. 어머니가 디틀레우에 관해 말할 때면 그는 우리 아버지가 아닌 누군가처럼, 아름답고 밝고 활기찬 모든 것을 박살내고 파괴해 버리는 사악한 악마처럼 느껴진다. 그러면 나는 디틀레우가 어머니의 삶에 들어오지 않았더라면 하고 바란다. 어머니의 입에서 그 이름이 나오고 나면, 어머니는 보통 내 어린 삶을 찾아내고는 협박하듯 화를 내면서 그것을 노려본다. 그때 어머니의 푸른 홍채를 둘러싼 짙은 색의 가장자리는 훨씬 더 짙어진다. 그러면 나의 이 어린 삶은 두려움에 떤다. 그것은 발끝으로 살금살금 걸어 나가서 도망치려고 필사적으로 애쓰지만, 그러기엔 여전히 작고 약하다. 게다가 나는 앞으로 몇백 년 동안은 나의 이 어린 삶을 떨쳐 버릴 수도 없다.

'아이들'이란, 이렇게 눈에 뻔히 보일 정도로 선명한 어린 삶을 겉모습과 마음 양쪽에 지닌 사람들을 뜻하는 말이다. 당신은 그들을 두려워할 이유가 없으므로 대하고 싶은 대로 대하면 된다. 대단히 약삭빠른 경우가 아니면 그들은 무기도, 가면도 지니고 있지 않다. 내가 바로 그렇게 약삭빠른 부류의 아이다. 내 가면은 멍청함이라는 가면이고, 나는 누구도 그걸 내게서 뜯어내지 못하게 하려고 늘 조심한다. 입은 살짝 벌리고, 두 눈은 늘 알 수 없는 곳을 응시하듯 완전히 텅 비운다. 내 내면에서 노래가 만들어지기 시작할 때면 나는 가면에 어떤 틈도 드러나지 않도록 각별히 신경을 쓴다. 어른들 가운데 누구도 내 마음속의 노래를, 혹은 내 영혼에 담긴 모음집 같은 말들을 참아 내지 못한다. 하지만 내가 알아차리지 못한, 그래서 틀어막을 수도 없는 어떤 비밀 통로로 말의 조각들이 스며 나오는 까닭에 어른들은 내 안에 그런 것들이 있음을 알게 된다. "너 지금 잘난 척하는 거 아니니?" 그들은 수상쩍다는 듯 말하고, 나는 잘난 척하려는 생각 같은 건 떠오르지도 않았다고 그들에게 단언한다. 학교에서 그들은 묻는다. "무슨 생각을 하고 있는 거니? 내가 말한 마지막 문장이 뭐였지?" 하지만 그들은 정말로 나를 꿰뚫어 보지는 못한다. 오직 마당이나 거리에 있는 아이들만이 나를 꿰뚫어 본다. "너 멍청한 척하고 다니는구나." 나보다 큰 여자애 하나가 위협하듯 말하고는 내게 바짝 다가선다. "하나도 멍청하지 않으면서 말이야." 그런 다음 그 애는 내게 여러 가지를 꼬치꼬치 따져 묻기 시작하고, 다른 여자애들 여럿이 조용히 내 주위에 모여들더니 내가 정말로 멍청하다는 걸 증명하기 전에는 빠져나갈 수 없는 원을 만든다. 온갖 바보 같은 대답 끝에 마침내 내가 멍청하다는 사실이 분명해지고서야 그 애들은 마지못해 원에 조그만 틈 하나를 만들어 주고, 나는 그리로 간신히 빠져나가 안전하게 도망친다. "실제로는 안 그러면서 그런 척하면 안 되는 거야." 훈계하듯, 경고하듯, 그 애들 중 한 명이 내 뒤에 대고 소리친다.

어린 시절은 캄캄한, 지하실에 갇힌 채 잊혀 버린 작은 동물처럼 언제나 낑낑거리는 소리를 내고 있다. 추운 날 나오는 입김처럼 당신의 목구멍에서 새어 나오는 그것은 가끔은 너무 조그맣고, 또 가끔은 너무 크다. 정확하게 딱 맞는 적은 한 번도 없다. 그것을 벗어 던진 뒤에야 당신은 그것을 차분히 바라볼 수 있고, 마치 극복한 병처럼 그것에 관해 이야기할 수 있게 된다. 어른들 대부분은 자신의 어린 시절이 행복했다고 말하는데, 어쩌면 그들 자신은 정말로 그렇게 믿을지도 모른다. 하지만 내 생각은 다르다. 나는 그들이 간신히 그 시절을 잊는 데 성공한 거라고 생각한다. 우리 어머니의 어린 시절은 행복하지 않았고, 어머니는 그 사실을 다른 사람들처럼 그렇게 숨기고 있지는 않다. 어머니는 내게 이야기해 준다. 외할아버지가 섬망에 빠졌을 때, 그분이 자기 몸 위로 벽이 무너진다고 외치는 통에 가족 모두가 벽을 떠받친 채 서 있어야 했던 순간이 얼마나 끔찍했는지. 외할아버지가 그렇게 되셔서 유감이라고 내가 말하자 어머니는 이렇게 소리 지른다. "유감이라고! 그건 그 인간 잘못이었어. 그 술 취한 돼지 말이야! 그 인간, 날마다 슈냅스[4]를 한 병씩 통째로 들이켰다고. 이런저런 일들이 있었지만 그 양반이 마침내 정신 차리고 목매달아 자살하고 나니까 훨씬 살 것 같았지." 어머니는 또 이런 말도 한다. "그 새끼가 내 남동생 다섯을 죽였어. 그 애들을 요람에서 꺼내더니 머리를 벽에다 찧어 버렸다고." 언젠가 어머니의 언니인 로살리아 이모에게 그 말이 사실인지 묻자 이모는 이렇게 대답한다. "당연히 사실이 아니지. 그 애들은 그냥 죽었어. 우리 아버지는 불행한 사람이었지만, 아버지가

---

4   곡식이나 감자로 만드는 네덜란드산 진으로, 독한 술로 알려져 있다.

돌아가셨을 때 너희 어머니는 겨우 네 살밖에 안 됐었는걸. 외할아버지에 대한 너희 외할머니의 미움을 너네 어머니가 물려받은 거야." 어머니와 이모의 어머니인 외할머니는 이제 나이가 많지만, 나는 외할머니의 영혼에 엄청난 증오가 담겨 있을지도 모른다고 상상한다. 외할머니는 아마게르섬에 산다. 머리는 완전한 백발에, 언제나 검은색 옷을 입고 있다. 나는 우리 부모님과 있을 때처럼 외할머니에게도 오직 간접적인 방식으로만 말을 걸곤 하는데, 그 때문에 모든 대화는 매우 어려워지고 반복되는 말투성이가 되고 만다. 외할머니는 빵을 썰기 전에 성호를 긋고, 손톱을 깎은 뒤에는 언제나 난로에 넣어 태운다. 왜 그렇게 하는 거냐고 내가 물으면 외할머니는 자기도 모른다고 대답한다. 외할머니의 어머니도 그렇게 했었다고 한다. 어른들이 다들 그렇듯 외할머니 역시 아이들이 무언가를 물어보는 걸 싫어하고, 그래서 대답을 짧게 한다. 우리는 어디로 방향을 틀더라도 자기 자신의 어린 시절과 맞부딪히고, 그 단단하고 뾰족한 모서리 때문에 스스로 상처를 입는다. 그 일은 수많은 상처들이 우리를 완전히 갈기갈기 찢어 놓은 뒤에야 멈춘다. 모든 사람에게는 어린 시절이 있지만, 그 각각의 모양은 완전히 다른 것 같다. 예를 들어 우리 오빠의 어린 삶은 매우 떠들썩하지만, 내 어

린 삶은 조용하고 은밀하며 경계심으로 가득하다. 아무
도 내 어린 삶을 좋아하지 않고, 그것은 누구에게도 아
무런 쓸모가 없다. 갑자기 그것의 키가 너무 커진 나머
지, 나는 나란히 일어설 때면 어머니의 두 눈을 들여다
볼 수 있게 된다. "자는 동안에 크는구나." 어머니는 그
렇게 말한다. 그 뒤로 나는 밤에 깨어 있으려고 애를 쓴
다. 그러나 늘 잠이 나를 압도해 버리고, 아침이 되어
내 발을 내려다볼 때면 너무도 멀어진 거리 때문에 제
법 어지러움이 느껴진다. "이 커다란 암소야." 거리에서
남자아이들이 내 등 뒤에 대고 소리친다. 이렇게 계속
자란다면 나는 모든 거인들이 자라나는 거대한 무굴
제국[5]으로 가야 할 것이다. 이제 어린 삶은 나를 아프게
한다. 그건 성장통이라고 하는데, 스무 살이 될 때까지
멈추지 않는다. 에드빈이 그렇게 말해 주었다. 에드빈
은 그를 정치적 모임에 데리고 다니는 우리 아버지와
마찬가지로 모든 것을—세상과 사회에 대해서도—안
다. 어머니는 두 사람이 결국 경찰에 체포되고 말 거
라고 생각하지만 말이다. 어머니가 그런 이야기를 해
도 그들은 듣지 않는데, 그건 어머니가 정치에 관해서

---

5   덴마크 동요 「꼬마 요정의 여행」에는 무굴 제국이 거대한
     양배추가 자라나는 거인들의 나라로 묘사되어 있다.

는 나만큼이나 아는 게 없기 때문이다. 어머니는 또 아버지가 일자리를 구하지 못하는 건 사회주의자에다 노동조합에 속해 있어서이고, 아버지가 선원의 아내 그림 옆에 걸어 둔 초상 사진의 주인공인 스타우닝이 언젠가 우리를 곤경에 빠뜨릴 거라는 말도 한다. 나는 스타우닝을 좋아한다. 펠레드 공원에서 그를 여러 번 봤고, 말하는 것도 들어 봤다. 바람이 불면 그의 기다란 수염은 너무도 유쾌하게 넘실거렸고, 총리씩이나 된다면 좀 더 거들먹거려도 될 텐데도 그는 노동자들을 '동지'라고 불렀다. 나는 정치에 관해서만큼은 어머니가 틀렸다고 생각하지만, 여자아이들이 그런 문제에 관해 어떻게 생각하는지, 혹은 생각하지 않는지 관심을 갖는 사람은 아무도 없다.

어느 날 내 어린 삶은 피 냄새를 풍기고, 나는 어쩔 수 없이 그걸 알아차리고 알게 된다. "이제 넌 아이를 가질 수 있는 몸이야." 어머니가 말한다. "좀, 너무 빠르네. 넌 아직 열세 살도 안 됐는데." 나는 부모님과 함께 잠을 자기 때문에 아이가 어떻게 생기는지 안다. 꼭 그 방식이 아니더라도 그걸 알게 되는 일을 피할 수 있는 사람은 없다. 하지만 그럼에도 어째선지 나는 여전히 그 일을 잘 이해할 수가 없다. 나는 언제든 아침에 깨어날 때 내 곁에 조그만 아이가 있을 수 있다고 상상한다. 여자아이일 테니 이름은 '아기 마리아'가 될 것이다. 나는 남자아이들을 좋아하지 않고, 그들과 같이 노는 일도 허락되지 않는다. 에드빈이 내가 유일하게 사랑하고 존경하는 소년이고, 내가 결혼할 남자로 상상할 수 있는 유일한 사람이다. 하지만 자기 오빠와는 결혼할 수 없는 법이고, 만약 할 수 있다 해도 에드빈은 나와 결혼하지는 않을 것이다. 그 이야기를 그는 충분할 만큼 자주 해 왔다. 모두가 우리 오빠를 좋아하고, 나는 내 어린 삶이 내게 어울리는 것보다 오빠의 어린 삶이 오빠에게 훨씬 더 잘 어울린다고 종종 생각한다. 오빠의 어린 삶은 주문해 만든 것처럼 오빠의 성장과 조화를 이루며 넓어지는데, 내 어린 삶은 나와는 전혀 다른 어떤 소녀를 위해 만들어진 것만 같다. 내가 그런 생각을 할 때마다 내 가면은 훨씬 더 멍청한 표정으로 변한다. 이런 종류의 일들은 누구에게도 말할 수가 없기 때문이다. 나는 언제나 내 말을 들어 주고 나를 이해해 주는 어떤 신비로운 사람을 만나는 꿈을 꾼다. 그런 사람들이 존재한다는 걸 책에서 읽은 적이 있다. 하지만 내 어린 시절의 거리에서는 그런 사람을 한 명도 찾을 수 없다.

7

이스테드가데는 내 어린 시절의 거리다. 그곳의 리듬은 언제나 내 핏속에서 세차게 고동칠 것이고, 그곳의 목소리는 언제나 내게 닿을 것이며, 우리가 서로에게 진실할 것을 맹세했던 저 먼 옛날처럼 언제나 그대로일 것이다. 그 거리는 늘 따뜻하고 밝으며, 축제처럼 가슴을 설레게 하고, 마치 오직 나만의 욕구를, 나 자신을 표현하려는 욕구를 충족시키기 위해 창조된 것처럼 완벽하게 나를 감싸 안는다. 나는 어린 시절에 우리 어머니의 손을 잡고 이곳을 걸으며 이르마 슈퍼마켓에서는 달걀 하나에 6외레, 마가린 450그램에 43외레, 말고기는 450그램에 58외레 하는 식으로 중요한 사항들을 배웠다. 어머니는 식품만 빼고 모든 것을 두고 흥정을 하는데, 그 흥정은 절망에 빠진 가게 주인들이 두 손을 비틀면서 어머니가 계속 이러면 자기들은 파산하고 망할 수밖에 없다고 말할 때까지 계속된다. 어머니는 또 놀랄 만큼 낯이 두꺼워서, 아버지가 닳도록 입은 셔츠들을 대담하게도 마치 새것인 양 교환하기도 한다. 상점 문으로 곧장 들어가 줄 맨 끝에 서서는 새된 목소리로 "이봐요, 내 차례거든. 난 정말이지 충분히 오래 기다렸다고요!" 라며 소리 지를 줄도 안다. 나는 어머니와 즐거운 시간을 보내고, 어머니의 코펜하겐식 대담함과 재빠른 두뇌 회전에 넋을 잃는다. 작은 카페들 바깥에는 실업자들이 서성거린다. 그들이 손가락 사이로 휘파람을 불지만 어머니는 거들떠보지도 않는다. "저런 사람들은 적어도 집에 있을 수는 있을 텐데." 어머니가 말한다. "너희 아버지처럼 말이야." 하지만 일을 구하러 나가지 않을 때면 언제나 소파에 빈둥빈둥 앉아 있는 아버지를 보는 건 너무나 기운 빠지는 일이다. 나는 어느 잡지에서 이런 구절을 읽는다. '자리에 앉아 우리 주님께서 너무도 훌륭할 만큼 능력 있게 만들어 주신 두 주먹을 노려본다.' 이것은 실업자들에 관한 시의 한 구절이고, 우리 아버지를 떠오르게 한다.

내가 루트를 만나고 난 뒤에야 이스테드가데는 내게 놀이터이자, 학교가 끝나고 저녁 먹을 시간이 될 때까지 늘 머무르는 아지트가 된다. 그때 나는 아홉 살이고 루트는 일곱 살이다. 어느 일요일 아침에, 힘들고 단조로운 일이나 우울함으로 범벅이 된 한 주의 끝에, 부모들이 늦잠을 잘 수 있도록 건물의 아이들이 모두 거리로 쫓겨나 놀게 되었을 때, 우리는 서로를 알아본다. 나보다 큰 여자아이들은 평소처럼 쓰레기통이 있는 구석에 서서 가십을 주고받고, 어린 아이들은 사방치기를 한다. 금을 밟거나 들고 있던 다리가 땅에 닿는 바람에 내가 늘 망쳐 버리는 놀이다. 나는 정말이지 그 엄청나게 지루한 놀이를 왜 하는지 모르겠다. 누군가가 내가 죽었다고 말하고, 나는 순순히 벽에 몸을 기댄다. 그때 앞쪽 건물의 부엌에서 마당으로 이어지는 계단을 잽싸게 뛰어 내려오는 발소리가 들리더니 빨간 머리칼에 눈은 녹색이고 콧잔등 위로 엷은 갈색 주근깨가 뿌려진 조그만 소녀가 나타난다. 그 애는 "안녕"이라고 말하고는 입이 귀에 걸리도록 활짝 웃는다. "내 이름은 루트야." 처음 보는 아이가 그렇게 멋지게 등장하는 광경에 익숙한 사람은 아무도 없기에, 나는 수줍어하면서 어색하게 나를 소개한다. 모두가 루트를 빤히 쳐다보고 있지만 루트는 알아차리지 못하는 듯하다. "달리기하고 놀래?" 그 애가 내게 말하고, 나는 망설이듯 우리 집 창문을 슬쩍 올려다본 뒤에 그 애를 따라간다. 그 뒤로 쭉, 우리 둘 다 학교를 졸업하고 우리의 차이가 너무 크다는 게 명백해질 때까지, 나는 오랫동안 그 애를 따라다닐 것이다.

이제 친구가 생겼다. 그래서 나는 어머니에게 훨씬 덜 의존하게 되고, 어머니는 당연하게도 루트를 좋아하지 않는다. "걔는 입양아야. 그런 애한테선 아무것도 배울 게 없어." 어머니는 협박하듯 말하지만 내가 그 애와 함께 놀지 못하게 막지는 않는다. 루트의 부모님은 덩치가 크고 너무 못생겨서, 아무리 생각해도 이 둘이서 루트처럼 사랑스러운 아이를 세상에 내보냈다는 사실을 믿을 수가 없다. 루트의 아버지는 식당 종업원이면서 술고래다. 어머니는 몹시 뚱뚱한 천식 환자인데 별것 아닌 이유로 루트를 두드려 팬다. 루트는 신경 쓰지 않는다. 그 애는 자기 어머니의 마수를 훌훌 떨치고, 부엌 계단을 쿵쿵 울리고, 빛나는 하얀 이를 온통 드러내는 미소를 지으며 유쾌하게 말한다. "그 망할 년은 지옥에나 가라지." 루트의 목소리는 작은 숫염소 그루프[6]처럼 너무도 맑고 근사해서 욕을 할 때도 듣기 싫거나 무례하게 느껴지지 않는다. 윗입술이 얇고 양 입꼬리가 치켜 올라간 루트의 입술은 빨간 하트 모양으로 생겼고, 표정은 두려움을 모르는 사나이의 표정만큼이나 박력이 넘친다. 루트는 모든 면에서 나와 반대다. 그래서 나는 그 애가 내게 바라는 모든 일을 한다. 그 애는 아이들이 보통 하는 놀이에 관해서는 나만큼이나 별 관심을 보이지 않는다. 자기 인형들은 건드리지도 않고, 자기 장난감 유아차에 두꺼운 판자를 올려놓고는 그걸 구름판으로 사용한다. 하지만 우리는 그 놀이를 그렇게 자주 하지는 않는다. 집주인 여자가 우리를 쫓아올 때도 있고, 우리가 너무 잘 내려다보이는 창가에 있던 경계심 많은 어머니들이 그만하라고 할 때도 있어서다. 우리를 감시하는 그 모든 시선에서 떨어져 있을 수 있는 곳은 오직 이스테드가데뿐이고, 그래서 범죄자로 향해 가는 내 행보도 그곳에서 시작되었다. 루트는 내가 물건을 훔칠 준비가 안 됐다는 사실을 선뜻 쾌활하게 받아들인다. 그 대신 나는 조그맣고 재빠른 루트의 몸이 물건을 가리지 않고 이것저것 쓸어 담는 동안 거기서서 가게에 풍선껌이 언제 들어오느냐고 물으며 점원

---

6   유럽 동화 『세 마리의 숫염소 그루프』는 다리를 건너가다
    트롤과 마주하는 세 마리의 숫염소에 관한 이야기다. 덩치가
    서로 다른 세 마리의 이름이 모두 그루프인데, 여기서는 그중
    가장 작은 숫염소를 뜻한다.

의 주의를 딴 데로 돌려야 한다. 우리는 가장 가까운 건물 현관으로 들어가 훔친 물건들을 나눠 갖는다. 가끔씩은 상점에 들어가 끝도 없이 신발을 신어 보고 옷을 입어 보기도 한다. 우리는 가장 비싼 옷을 고르고는 우리 어머니가 와서 계산을 할 테니 그 제품들을 잠깐만 따로 빼놓아 달라고 정중하게 말한다. 문을 나서기도 전에 우리의 입에서는 즐거운 웃음이 키득키득 새어 나온다.

우리가 친구로 지내는 오랜 날들 내내, 나는 루트에게 나 자신을 드러내기를 두려워한다. 내가 정말로 어떤 앤지 그 애가 알게 될까 봐 겁이 난다. 루트를 사랑해서, 그리고 그 애가 너무도 강한 아이라서 나는 그 애의 그림자가 되기를 자처하지만, 내면 깊은 곳에서 나는 여전히 나다. 내게는 이스테드가데를 벗어난 미래에 대한 꿈이 있지만, 루트는 마음 깊은 곳에서부터 그 거리에 매여 있어서 절대 떨어지려 하지 않을 것이다. 내가 그 애와 같은 부류인 척하면서 그 애를 속이고 있는 것처럼 느껴진다. 나는 이렇게 이해하기 힘든 방식으로 그 애에게 빚을 지고 있고, 이 사실은 두려움과 희미한 죄책감을 불러 와 내 마음을 괴롭힌다. 결국, 그 빚은 우리의 관계에 영향을 끼친다. 훗날 내 인생에서 친밀하고 오래 갔던 모든 관계에 영향을 끼치게 될 바로 그 방식으로.

　가게 물건 슬쩍하기는 갑작스럽게 끝이 난다. 어느 날 루트는 오렌지 마멀레이드 병을 통째로 코트 안쪽에 숨겨 나오면서 또 한 건을 해낸다. 그런 다음 우리는 그것을 질릴 정도로 먹는다. 완전히 배를 채운 우리는 남은 마멀레이드를 쓰레기통에 던져 넣는데, 쓰레기통이 꽉 차서 뚜껑이 닫히지 않는다. 그래서 우리는 뛰어올라 뚜껑 위에 앉는다. 문득 루트가 이렇게 말한다. "도대체 왜 항상 나만 해야 돼?" "훔친 걸 받는 것도 훔치는 것만큼이나 나쁜 일인데 뭐." 내가 겁에 질려 말한다. "그래, 하지만 그래도……." 루트가 투덜거린다. "너도 가끔 한번씩은 해도 되잖아." 루트의 요구가 타당하다고 느낀 나는 거북한 마음을 안고 다음번에는 내가 해 보겠다고 약속한다. 하지만 나는 아주 먼 곳이어야 한다고 고집하고, 쉰드레 대로에서 충분히 손님이 없어 보이는 구멍가게 한 군데를 고른다. 조심스럽게 문을 연 루트가 과감히 안으로 들어서자 그 애의 졸고 있는 양심과 똑 닮아 보이는 긴 그림자가 그 뒤를 따라 들어간다. 가게 안은 텅 비어 있고, 안쪽 방으로 통하는 문에는 창문이 달려 있지 않다. 카운터에는 빨간색과 녹색 포일에 싸인 25외레짜리 막대 초콜릿이 가득 담긴 그릇 하나가 놓여 있다. 짜릿함과 두려움으로 창백해진 나는 그것들을 노려본다. 한 손을 들어 올리지만, 보이지 않는 힘이 그 손을 막고 있다. 온몸이 발끝까지 떨려온다. "서둘러." 루트가 한쪽 눈을 안쪽 방에서 떼지 않은 채 속삭인다. 그때 도둑질을 못하는 내 손이 그릇에 닿고, 눈앞에 아른거리는 빨간색과 녹색 몇 개를 그러쥐나 싶더니, 초콜릿 무더기를 그릇째로 툭 쳐서 카운터 뒤로 날려 버린다. "멍청이." 야유를 퍼부은 루트는 뛰어 달아나고, 그와 동시에 안쪽 문이 쾅 하고 열린다. 안색이 창백한 여자가 정신없이 뛰어나오더니 초콜릿 한 개를 그러쥔 손을 쳐든 채 소금 기둥처럼 서 있는 나를 보고 깜짝 놀라 멈춰 선다. "이게 무슨 일이지?" 여자가 말한다. "여기서 뭐하는 거야? 아니, 이것 봐라, 그릇이 깨졌네!" 이제 여자는 몸을 굽히고 깨진 조각들을 주워 올리는데, 그때까지도 나를 둘러싼 세계는 무너져 내리지 않았고, 그래서 나는 어쩔 줄을 모른다. 무너지려면 지금, 바로 여기서 무너져 버렸으면 좋겠다. 느껴지는 것이라고는 타는 듯이 뜨거운 한없는 수치심뿐이다. 흥분과 모험은 자취를 감추고, 나는 그저 현장에서 붙잡힌 평범한 도둑이 되어 있다. "최소한 미안하다는 말은 하지 그러니." 유리 파편들을 내가면서 여자가 말한다. "덩치는 커 가지고, 멍청하고 꼴사납기는."

엔헤우바이까지 내려가 있던 루트는 거기 서서 눈

물이 고일 만큼 크게 웃고 있다. "너 진짜 완전 바보구나." 루트가 간신히 말한다. "그 여자가 무슨 말 했어? 왜 밖으로 안 나온 거야? 야, 그 초콜릿 아직 갖고 있냐? 공원 가서 먹자." "그걸 진짜로 먹겠다고?" 나는 믿을 수 없어 하며 묻는다. "그냥 나무 아래 던져 버려야 될 것 같은데." "미쳤냐?" 루트가 말한다. "고급 초콜릿이잖아?" "하지만 루트." 내가 말한다. "우리 다시는 그거 안 할 거지, 그치?" 그러자 내 작은 친구는 내게 착한 척하는 인간이 되어가는 거냐고 묻고, 공원에 도착하자 바로 내 눈앞에서 그 초콜릿을 입에 집어넣는다. 그 뒤로 우리의 좀도둑질 원정은 멈춘다. 루트는 그걸 혼자서는 하고 싶어 하지 않는다. 그리고 나는, 우리 어머니가 물건을 사 오라고 심부름을 보낼 때마다 쓸데없이 큰 소리를 내고 사람들과 부딪쳐 가며 가게 안으로 들어간다. 만약 그랬는데도 여전히 점원이 오는 데 시간이 걸리면, 나는 카운터에서 먼 곳에 선 채 두 눈을 천장에 고정한다. 하지만 여자가 나타나도 내 두 뺨은 여전히 빨갛게 달아올라 있고, 나는 여자 앞에서 훔친 물건들로 가득 차 있지 않다는 걸 보여 주려고 필사적으로 내 양쪽 주머니를 까뒤집지 않기 위해 나 자신을 붙들어야 한다. 그 사건 이후 루트에 대한 나의 죄책감은 커져 있다. 그 애와의 귀중한 우정을 잃을지 모른다는 두려움도 생겨난다. 그래서 우리가 다른 금지된 놀이들을 할 때면 나는 훨씬 더 대담한 모습을 드러낸다. 엔헤우바이의 육교 밑으로 기차가 들어올 때, 나는 선로를 가장 마지막에 가로지르는 사람이 되려고 애를 쓴다. 가끔씩은 기관차가 밀어붙인 공기의 압력 때문에 넘어져서는 둑 위 잔디밭에 한참 동안 누워 숨을 헐떡이기도 한다. 루트가 이렇게 말하기만 하면 충분히 보상이 되지만 말이다. "맙소사! 너 방금 거의 죽을 뻔했잖아!"

8

가을이 되자 정육점 간판들이 폭풍우에 덜컹거린다. 엔
헤우바이의 나무들은 잎을 거의 다 떨구었다. 그 잎들
은 노란색과 적갈색의 카펫으로 변해 대지의 대부분을
덮었다. 그 색깔은 문득 햇빛이 스칠 때라야 완전히 검
은색이 아니라는 걸 알게 되는 우리 어머니의 머리칼
같다. 실업자들은 얼어붙을 만큼 추운데도 양손을 주머
니 속에 깊이 찌른 채, 다 타서 꺼진 파이프를 이 사이
에 물고 그저 꼿꼿이 서 있다. 가로등에 막 불이 들어온
다. 경쟁하듯 빠르게 지나가는 구름 사이로 달이 이따
금씩 바깥을 엿본다. 나는 늘 생각한다. 마치 함께 나이

를 먹으며 자라서 더는 아무 말 없이도 서로 소통할 수 있게 된 자매처럼, 달과 이 거리는 신비롭게 서로를 이해하는 것 같다고. 루트와 나, 우리는 사라져 가는 황혼 속을 걷고 있다. 곧 거리를 떠나야 하는 우리는 하루가 다 끝나기 전에 무슨 일인가가 일어나기를 갈망한다. 우리가 보통 돌아가는 지점인 가스베르스바이에 도착하자 루트가 말한다. "저리로 내려가서 창녀들 구경하자. 아마 영업 시작한 사람도 좀 있을 거야." 창녀는 돈을 받고 '그걸' 하는 여자인데, 나로서는 공짜로 하는 것보다 그쪽이 훨씬 더 이해가 간다. 이 직업에 관한 이야기는 루트가 해 주었는데, 그 단어가 흉하다고 생각한 나는 책에서 다른 표현을 하나 찾아냈다. 밤의 여자. 그 말은 훨씬 더 근사하고 낭만적으로 들린다. 루트는 그런 일들에 관해서라면 뭐든 이야기해 준다. 어른들에 관한 어떤 것도 그 애에게는 비밀이 아니다. 루트는 내게 옴 한스와 라푼젤의 관계에 대해서도 이야기해 주었는데, 옴 한스가 상당히 나이 많은 남자라고 생각하는 나는 그 이야기가 잘 이해가 안 된다. 게다가 옴 한스에게는 예쁜이 릴리도 있다. 남자들은 동시에 두 여자를 사랑할 수 있는 걸까. 내게 어른들의 세계는 여전히 신비롭기만 하다. 나는 언제나 이스테드가데를 여자의 모습으로 상상한다. 엔헤우 광장 근처에서 머리칼이 펼쳐지도록 등을 대고 누워 있는 아름다운 여자. 품위 있는 사람들과 타락한 자들 사이의 경계인 가스베륵스바이에서 여자의 두 다리는 벌어지고, 그 위로는 손님들을 반갑게 맞이하는 호텔들과 환하고 떠들썩한 선술집들이 주근깨처럼 뿌려져 있다. 밤이 더 깊으면 지독히 취한 채 시비를 걸어 대는 먹잇감들을 실어 가려는 경찰차들이 그리로 지나간다. 그곳에 관한 이야기는 에드빈에게 들어서 알고 있다. 나보다 네 살 많은 에드빈은 밤 열 시까지 외출이 허락된다. 푸른색 덴마크 소년단[7] 셔츠를 입은 에드빈이 집에 돌아와 아버지와 정치 이야기를 할 때면 무척 대단해 보인다. 요즘 그 두 사람은 전시용 포스터와 신문에 실린 사진 속에서 바깥세상을 뚫어져라 내다보는 사코와 반제티[8] 때문에 몹

---

7   덴마크에서 기독교가 중심이 된 스카우트 운동에 대한
     대안으로, 노동 계급의 아동·청소년을 대상으로 하여 1905년
     만들어진 소년 단체. 나중에는 사회민주당에 합류할 미래
     인력을 양성하는 역할을 맡았다.

8   1920년 미국에서 구두 공장에 침입해 직원과 경비원을
     살해하고 돈을 훔쳐 달아났다는 혐의로 기소되어 1927년
     사형에 처해진 구두 수선공 니콜라 사코와 생선 장수
     바르톨로메오 반제티를 가리킨다. 가난한 이민자이자 정부의
     징병을 거부한 무정부주의자였던 이들은 충분한 증거 없이
     사형을 언도받아 국제 사회의 공분을 샀다.

시 화가 나 있다. 음울하고 이국적인 얼굴을 한 사코와 반제티는 무척이나 잘생겨 보이고, 나 역시 그들이 하지도 않은 일 때문에 처형당하게 된 건 너무 안된 일이라고 생각한다. 하지만 나는 그냥, 그 일 때문에 아버지만큼 흥분하지는 않는다. 아버지는 페테르 이모부와 그 이야기를 나눌 때면 항상 소리를 지르고 테이블을 쾅쾅 두들겨 댄다. 페테르 이모부는 아버지나 에드빈처럼 사회민주당 지지자이지만 사코와 반제티가 더 나은 운명을 맞아야 한다고 생각하지는 않는데, 그건 그들이 무정부주의자라서다. "그런 건 상관없어요!" 아버지는 미친 듯 화를 내며 테이블을 내리친다. "잘못된 판결은 잘못된 판결이죠, 설령 보수당원이 받은 거라고 해도!" 내가 알기로 보수당원은 사람이 될 수 있는 존재 중에 최악의 존재다. 얼마 전에 나는 아버지에게 우리 반의 다른 여자아이들이 모두 가입한 핑 클럽[9]에 나도 가입해도 되냐고 물은 적이 있다. 그러자 아버지는 마치 내가 어머니로부터 정치적으로 불순한 영향을 받은 피해자라도 되는 양, 엄한 눈으로 어머니를 노려보더니 말

---

9   1927년에 어린이를 대상으로 만든 회원제 클럽. 덴마크의
     보수적인 출판 그룹인 베를링 하우스가 '페테르'와 '핑'이라는
     두 캐릭터가 등장하는 연재 만화 성공을 계기로 만들었다.

했다. "이것 봐, 토베 엄마. 토베가 이제는 반동주의자가 되어 가고 있어. 아마 우린 이러다 결국 「베를링 신문」을 구독하게 될 거라고!"

기차역 근처에서는 삶이 한창 펼쳐지는 중이다. 술 취한 남자들은 서로의 어깨에 팔을 두르고 노래를 부르며 비틀비틀 걸어 다니고, 카페 샤를레스 앞에서는 한 뚱뚱한 남자가 인도에 대머리를 두어 번쯤 찧어 가며 데굴데굴 구르다가 우리 발치에 가만히 눕는다. 경관 두 명이 다가오더니 그의 옆구리를 힘껏 발로 차고, 그 바람에 그는 안쓰러운 신음 소리를 내며 일어난다. 그들은 그를 난폭하게 일으켜 세우고는 다시 한 번 죄악의 소굴로 들어가려 하는 그의 몸을 밀어젖힌다. 경관들이 가던 길을 계속 가자 루트는 손가락 두 개를 입속에 넣고 그들의 등 뒤에 길게 휘파람을 부는데, 그건 내가 부러워하는 재능이다. 헬고란스가데 근처에는 아이들이 잔뜩 모여 웃으며 떠들고 있다. 그쪽으로 다가가면 길 한복판에 서서 김이 모락모락 나는 말똥을 입에 집어넣는 시늉을 하고 있는 남자를 알아볼 수 있다. 곱슬머리 샤를레스다. 그는 그러는 내내 말로 표현할 수 없을 만큼 외설적인 노래를 부르고, 그 노래에 웃으며 소리치던 아이들은 곧 그가 더 재미있게 해 줄 거라는 기대에 차서 응원의 환성을 질러 댄다. 그의 두 눈이 걷잡을 수 없이 빙글빙글 돌아간다. 내 눈에 그 남자는 비참하고 소름 끼쳐 보이지만, 루트가 다른 사람들과 마찬가지로 큰 소리로 웃는 걸 보고서는 나 역시 그 남자 때문에 즐거운 척한다. 하지만 창녀라면, 차를 몰고 천천히 지나가는 구경꾼들의 환심을 사기 위해 열정적으로 엉덩이를 흔들어 대며 헛돼 보이는 시도를 하는 나이 많고 뚱뚱한 여자 두어 명만 눈에 띌 뿐이다. 이 일로 나는 크게 실망한다. 왜냐하면 창녀들은 다 케티 같을 줄 알았기 때문이다. 시내로 나가는 케티의 저녁 용무에 대해서는 루트가 내게 설명해 주었다. 집에 오는 길에 우리는 레발스가데를 통과한다. 언젠가 담배 가게를 갖고 있던 한 나이 많은 여자가 그곳에서 살해당했다. 우리는 마테우스가데에 있는 흉가 앞에서도 멈춰 서서 4층에 난 창문을 빤히 올려다본다. 작년에 한 어린 소녀가 '붉은 카를'이라는, 외르스테 공장에서 우리 아버지와 같이 일했던 화부에게 살해당한 곳이다. 우리 중 누구도 밤에 혼자 그 집 앞을 지나갈 용기를 내지 못한다. 집에 돌아오자 현관에는 게르다와 '양철 코'가 어둠 속에서 형체가 구분되지 않을 만큼 서로를 꼭 끌어안고 서 있다. 언제나 코를 찌르며 풍겨 오는 맥주와 소변의 악취 때문에 나는 마당으로 들어갈 때까지 숨을 참는다. 계단을 올라가는데 무겁게 짓눌리는 느낌이 든다. 섹스의 어두운 면이 나를 향해 점점 더 커다랗게 입을 벌려 오는 까닭에, 내 심장이 언제나 속삭이는, 작게 떨리는, 아직 글로 쓰이지 않은 말들로 그 어둠을 다 덮어버리기는 점점 더 어려워진다. 복도를 지나갈 때 게르다네 옆집 문이 조용히 열리더니 포울센 부인이 내게 들어오라는 신호를 보낸다. 우리 어머니에 따르면 부인은 '몰락한 주제에 품위 있는 척하는' 여자지만, 나는 사람이 몰락한 동시에 품위가 있을 수는 없다는 사실을 안다. 부인에게는 우리 어머니가 경멸을 담아 '멋쟁이 공작'이라고 부르는 동거인이 있지만, 그냥 우편집배원인 그는 그저 결혼한 것처럼 포울센 부인을 부양할 따름이다. 하지만 그들에게 아이는 없다. 그들이 남편과 아내처럼 같이 산다는 이야기는 루트에게 들어서 알게 되었다. 나는 마지못해 부인의 명령을 따라 거실로 들어서는데, 그곳은 건반이 군데군데 빠진 피아노 한 대가 있는 걸 빼면 정확히 우리 집 거실처럼 생겼다. 나는 의자 하나의 끄트머리에 걸터앉고, 포울센 부인은 연한 푸른색 두 눈에 호기심을 가득 담은 표정으로 소파에 앉는다. "나한테 말해 보렴, 토베." 부인이 환심을 사려는 듯 말한다. "너 혹시, 안데르센 양을 찾아오는 신사들이 많은지 알고 있니?" 나는 곧바로 두 눈을 텅 비워 멍청하게 만들고 입을 살짝 벌린다. "아뇨." 놀란 척하며 내가 말한다. "모르겠는데요." "하지만 너랑 너희 어머니는 그 집에 엄청 자주 가잖아. 조금만 생각해 봐. 그 집에서 어떤 신사든 본 적 없어? 저녁에도 없었어?" "없었어요." 나는 겁에 질려 거짓말을 한다. 나는 어떻게든 케티에게 해를 끼치려 드는 이 여자가 두렵다. 어머니는 내가 더 이상 케티네 집에 가지 못하게 하고, 아버지가 없을 때면 자기 혼자 그 집에 간다. 포울센 부인은 내게서 다른 어떤 것도 얻어내지 못하자 다소 냉랭한 태도로 나를 보내 준다. 며칠 뒤 건물에는 청원서 한 장이 돌고, 내가 잠들었다고 생각하며 침대에 들어온 우리 부모님은 그것 때문에 말다툼을 한다. "난 서명할 거야." 아버지가 말한다. "아이들을 위해서. 최소한 아이들이 최악의 타락을 목격하지 않게 보호할 수는 있잖아." "그 늙어빠지고 못된 년들이 그런 거야." 어머니가 화를 내며 말한다. "그 여자가 젊고 예쁘고 행복하니까 그것들이 질투를 하는 거라고. 마찬가지로 그년들은 나까지 못 견뎌 해." "자기 자신을 창녀랑 비교하는 것 좀 그만두지." 아버지가 으르렁댄다. "내가 안정적인 일자리는 없어도, 당신이 직접 밥벌이를 해야만 하게 만든 적은 한 번도 없었어. 그걸 잊으면 안 되지!" 그 말들은 듣고 있기 끔찍하다. 게다가 그 싸움은 무언가 전혀 다른 것, 부모님이 설명할 언어를 갖고 있지 않은 어떤 다른 문제에 관한 싸움인 것처럼 느껴진다. 오래지 않아, 플러시 천으로 마감된 자기 집안 가구를 몽땅 길에 내놓은 케티와 케티 어머니가 그 무더기 위에 올라앉아 있고, 경찰 한 명이 왔다 갔다 하며 그 주위를 지키는 날이 찾아온다. 케티는 경멸로 가득 찬 얼굴로 모든 사람을 못 본 체하며 자신의 우아한 우산을 받쳐 들고 비를 피한다. 그래도 케티는 내게는 미소를 지으며 말한다. "잘 있어, 토베. 몸조심해." 잠시 후 이삿짐 트럭에 탄 그들은 멀리 달려가고, 나는 다시는 그들을 보지 못한다.

9

우리 가족에게 끔찍한 일이 일어났다. 란만스 은행이 도산하는 바람에 외할머니가 전 재산을 잃은 것이다. 평생 동안 저축한 500크로네였다. 은행업은 소액 고객들만 후려치는 더러운 사업이다. "돈 많은 돼지들은 돈을 되찾게 되겠지." 아버지가 말한다. 외할머니는 딱해 보일 정도로 울면서 새하얀 손수건으로 충혈된 두 눈을 닦아 낸다. 외할머니 주위의 모든 것은 깨끗하고 단정하고 똑바르며, 외할머니 자신에게선 늘 세제 냄새가 난다. 그 돈은 외할머니가 항상 염두에 두는 듯했던 일, 그러니까 장례식에 들어갈 돈이었다. 외할머니는

은행에 장례용 금고를 만들고 돈을 넣었다. 한때 나는
그 '장례용 상자'[10]가 관을 뜻한다고 생각했고, 외할머니
는 그 일을 절대 잊지 못한다. 외할머니는 아직도 그때
를 떠올릴 때마다 웃는다. 나는 외할머니를 아주 좋아
하는데, 내가 무서워하면서 좋아하는 우리 어머니와는
전혀 다른 느낌이다. 외할머니 댁에는 나 혼자 가도 된
다. 내가 그러기를 외할머니가 바라고, 어머니는 감히
그 뜻을 거스를 수가 없어서다. 어머니는 자기가 나를
임신했을 때 외할머니가 몹시 화를 냈다고 한다. 집안
에 이미 아들이 하나 있는데 더 이상 아이를 가질 이유
가 있느냐는 거였다. 이제 외할머니는 품위 있게 땅에
묻힐 방법이 없어졌다. 우리는 돈이 하나도 없고, 술 취
한 남편과 함께 사는 로살리아 이모도 마찬가지기 때
문이다. 페테르 이모부는 확실히 돈이 아주 많지만 소
문난 구두쇠라서, 그가 자기 장모의 장례식에 무언가를
보태 줄 거라고는 아무도 기대하지 않는다. 외할머니는
일흔세 살이고, 할머니 자신도 살날이 많이 남았다고는
생각하지 않는다. 외할머니는 심지어 우리 어머니보다
도 키가 작고, 아이처럼 가냘프고, 항상 머리부터 발끝

---

10   덴마크어로 은행 대여 금고를 뜻하는 boks에는 '상자'라는 뜻도
      있다.

까지 검은색 옷을 입고 있다. 비단결처럼 부드러운 백발은 틀어 올려 핀으로 고정했고, 움직임은 어린 소녀처럼 재빠르다. 방 하나짜리 아파트에 사는 외할머니가 의지할 것이라곤 노령 연금뿐이다. 외할머니 댁에 커피를 마시러 갈 때마다 나는 호밀빵에 진짜 버터를 발라 먹는데, 이때는 마지막 한 입까지 이로 싹싹 긁어 먹는다. 그건 내가 집에서 먹는 어떤 음식보다도 맛있다. 견습 생활을 시작한 에드빈은 일요일마다 외할머니 댁에 간다. 그러면 외할머니는 1크로네를 통째로 주는데, 에드빈이 우리 집에서 유일한 남자아이이기 때문이다. 사촌 세 명과 나는 아무것도 받지 못한다. 내가 찾아갈 때마다 외할머니는 내가 지난번보다 음정을 덜 틀리는지 확인해 보려고 노래를 시킨다. "거의 정확하구나." 내게서 나오는 음들은 내가 내고 싶은 음하고는 하나도 비슷하지 않지만, 외할머니는 그렇게 말하며 용기를 북돋아 준다. 외할머니에게 말을 하려면 먼저 그분의 이야기를 들어야 한다. 외할머니는 이야기를 좋아하는 분이고 나도 그걸 듣는 게 좋다. 한번은 외할머니가 자기 어린 시절 이야기를 들려주는데, 사소하기 짝이 없는 일들로 몇 분마다 거의 죽도록 때리는 계모 때문에 끔찍했던 세월이라고 한다. 그 뒤에 외할머니는 가정부가 되었고, 자동차 차체 제작공으로 문두스라는 이름을 가진 외할아버지와 약혼을 했다. 그런데 외할아버지는 그 뒤로 술을 엄청나게 마시기 시작했고, 건물 사람들은 그를 '울부짖는 주정뱅이'라고 불렀다. 그가 목을 매달아 자살하자 외할머니는 입에 풀칠을 하기 위해 나가서 세탁 일을 해야 했다. "하지만 내 딸들 셋은 인생을 시작할 수 있었지." 외할머니의 말에는 자부심이 담겨 있고, 나는 그 자부심을 이해할 수 있을 것 같다. 한번은 내가 외할아버지를 알았더라면 좋았겠다고 말실수를 하자 외할머니가 이렇게 말한다. "그래, 그 사람은 마지막까지 인물 하나는 좋았지. 하지만 매정하고 비열한 인간이었단다! 내가 마음만 먹으면 할 얘기가 많아……." 그러더니 이 없는 잇몸 위로 입술을 앙다물고는 더 이상 아무 말도 하지 않는 것이다. '매정한'이라는 단어에 대해 생각하던 나는 문득 내가 끔찍했던 외할아버지를 닮았을까 봐 두려워진다. 가끔 나는 내가 누구에게도 어떤 감정도 느끼지 못하는 게 아닐까 의심하며 괴로워한다. 물론 루트에게만큼은 예외지만 말이다. 하루는 외할머니 댁에서 노래를 들려 드리기에 앞서 이렇게 말한다. "학교에서 새로운 노래를 배웠어요." 그러고는 외할머니의 침대에 앉아 떨리는 가성으로 내가 쓴 시에 노래를 붙여 부른다. 「얄마르와 힐다」나 「이외르겐과 한시그네」처럼, 그리고 우리 어머니가 부르는 모든 발라드처럼 아주 긴 그 노래는 서로를 가질 수 없는 두 사람에 관한 내용이다. 하지만 내가 쓴 가사는 다음과 같은 연과 함께 덜 비극적으로 끝난다.

> 사랑이, 풍요롭고 젊은 사랑이,
> 천 개의 사슬로 그들을 묶었네.
> 신혼 침대가 시골 길가에 놓였다 한들 그게 뭐가 중요할까?

내가 여기까지 부르자 외할머니는 이마를 찡그리더니 자리에서 일어난다. 그러고는 마치 불쾌한 느낌으로부터 자신을 보호하려는 것처럼 원피스를 쓸어내린다. "그건 좋은 노래가 아니구나, 토베." 외할머니가 엄한 목소리로 말한다. "정말 학교에서 배운 거냐?" 외할머니가 "정말 아름다운 노래구나. 누가 쓴 곡이니?"라고 물을 거라 생각했던 나는 기운이 빠져서 그렇다고 대답한다. "결혼은 교회에서 해야 하는 거야." 외할머니가 부드럽게 말한다. "상대방하고 뭐든 같이 하기 전에 말이다. 하지만 당연히 너는 그걸 몰랐겠지." 오, 외할머니! 저는 외할머니가 생각하시는 것보다 많은 걸 알지만, 앞으로 그런 얘기는 하지 않을 거예요. 나는 몇 년 전, 우리 부모님이 2월에 결혼하고 같은 해 4월에 에드빈이 태어났다는 사실을 알아내고 놀랐던 일을 떠올린다. 내가 어머니에게 어떻게 그런 일이 가능하냐고 묻자 어머니는 쾌활하게 대답했다. "음, 있지, 첫 아이는 임신 기간이 두 달을 넘지 않는 법이야." 그런 다음 어머니는 웃었고, 에드빈과 아버지는 얼굴을 찡그렸다. 내가 생각하기에는 이런 점이 어른들의 가장 나쁜 점 같다. 그들은 자기들이 살아오면서 저지른 잘못된 혹은 무책임한 행동을 단 하나도 인정하지 않는다. 그들은 다른 사람들을 그토록 성급하게 판단하면서도 자기 자신을 심판대에 세우지는 않는다.

우리 친척 중에 다른 사람들은 내가 부모님과, 아니면 적어도 어머니와 함께일 때만 만난다. 로살리아 이모는 외할머니와 마찬가지로 아마게르에 산다. 이모네 집에 가 본 건 두어 번밖에 안 된다. '밑 빠진 독'이라고 불리는 카를 이모부가 늘상 거실에 앉아 맥주를 마시며 투덜거리고 있는데, 그건 아이들이 보기에 좋지 않은 광경이어서다. 이모네 거실은 다른 집 거실들과 비슷하다. 한쪽 벽을 따라 뷔페식 테이블이 놓여 있고, 다른 쪽 벽에는 소파가 기대 놓여 있고, 그 사이에는 테이블 하나와 등받이가 높은 의자 네 개가 있다. 뷔페식 테이블에는 우리 집과 마찬가지로 커피포트와 설탕 그릇과 크림 그릇이 담긴 놋쇠 쟁반이 놓여 있는데, 절대 사용하지 않고 오직 눈부시게 반짝이기만 하는 그 물건들은 특별한 날을 위한 것이다. 마가신 백화점에서 바느질 일을 받아 하는 로살리아 이모는 집으로 돌아가는 길에 종종 우리를 방문한다. 이모는 알파카 털로 짠 커다란 숄 안에 바느질할 옷들을 넣어 팔에 걸치고 다니고, 우리 집에 와 있는 동안에도 그걸 절대 내려놓지 않는다. '딱 1분만' 있다 갈 거라면서 모자도 벗지 않는데, 결국에는 몇 시간쯤 지나야 떠나게 될 거라는 사실을 부인하려는 것 같다. 이모와 어머니는 언제나 자기들이 어렸을 때 있었던 일들에 관해 이야기하고, 그 이야기를 통해 나는 내가 알아서는 안 되는 많은 것들을 알아낸다. 예를 들어, 언젠가 아버지가 예고 없이 집에 오는 바람에 어머니가 자기 방 옷장 속에 이발사를 숨겨 두었던 이야기 같은 것. 어머니가 아버지를 돌려보내지 않았다면 그 이발사는 질식하고 말았을 것이다. 그 비슷한 이야기가 잔뜩 있고, 이모와 어머니는 그 모든 이야기에 실컷 웃는다. 로살리아 이모는 어머니보다 두 살 많을 뿐이지만, 아그네테 이모는 여덟 살이나 많고, 두 동생과 함께 어린 시절을 보냈다고 할 수도 없다. 아그네테 이모와 페테르 이모부는 종종 우리 부모님과 카드게임을 하려고 찾아온다. 아그네테 이모는 신앙심이 깊어서 누군가가 자기 앞에서 욕을 하면 힘들어 하는데, 이모부는 단지 이모를 짜증나게 하려고 종종 욕을 한다. 이모는 키가 크고 어깨가 넓으며, 페테르 이모부가 '발코니'라고 부르는 가슴 위에는 다그마르 십자가[11] 하나가 걸려 있다. 우리 부모님 이야기가 사실이라면 페테르 이모부는 사악함과 교활함의 화신이지만, 나에게는 항상 친절한 분이라 나는 그 이야기를 진심으로 믿지는 않는다. 목수인 이모부는 한 번도 일자리를 잃은 적이 없다. 그들은 외스테르브로에 있는 방세 개짜리 아파트에 산다. 그 집에는 피아노와 얼어붙을 듯한 추위를 겸비한 응접실이 있는데, 오직 크리스마스이브에만 그곳에 발을 들일 수 있다. 페테르 이모부는 엄청나게 많은 돈을 상속받았고, 조세 당국을 속이기 위해 그 돈을 여러 개의 은행 계좌에 나누어 보관한다는 이야기가 있다. 가끔씩 그가 일하는 작업장 직원들은 다른 회사의 초대를 받아 방문하는데, 거기서는 공짜로 대접을 받는다. 어느 날 동료들과 함께 투보르 사社[12]에 초대받은 이모부는 술을 너무 많이 마셔서 병원에 실려 갔고, 다음날 위세척을 해야 했다. 에니혜 낙농장을 방문했을 때도 우유를 너무 많이 마신 나머지

---

11   덴마크에서 세례나 견진 성사 때 전통적으로 소녀들에게
      주어지는 십자가

12   1873년에 창립한 덴마크의 맥주 회사

그다음 주 내내 아파서 고생했다고 한다. 그는 다른 때는 물 말고는 아무것도 마시지 않는 사람이다. 내 사촌 세 명은 모두 나보다 나이가 많고 좀 못생겼다. 저녁마다 그들은 식탁에 둘러앉아서 맹렬하게 뜨개질을 한다. "하지만 걔들은 별로 똑똑하지가 못해." 아버지는 그렇게 말한다. 사실 그 큼직한 아파트에는 집 전체를 통틀어 책이 한 권도 없다. 우리 부모님은 우리가 내 사촌들보다 잘 풀린 거라고 서슴없이 말한다. 전에 한 번 결혼했던 적이 있는 페테르 이모부는 그 결혼에서 낳은, 우리 어머니와 겨우 일곱 살인가 여덟 살 차이밖에 나지 않는 딸이 한 명 있다. 에스테르라는 이름을 가진 그 딸은 엄청난 덩치의 소유자고, 몸을 꾸무럭거리며 구부정하게 걸어 다닌다. 에스테르의 두 눈은 금방이라도 얼굴에서 튀어나올 것 같다. 우리 집에 올 때면 그는 내게 아기 말투로 말을 걸고 내 입술에 대고 뽀뽀를 하는데, 그건 내가 다른 무엇보다 더 경멸하는 행동이다. 아버지에게는 몹시 충격적인 일이겠지만, 에스테르는 우리 어머니와 저녁에 함께 외출하고 어머니를 '자기'라고 부른다. 하루는 그들이 인민의 집에서 열리는 가장무도회에 가려고 분장을 하는 동안 내가 거울을 들어 준다. '밤의 여왕'으로 분장하는 우리 어머니가 환상적일만큼 아름답다는 생각이 든다. '18세기에서 온 마부' 분장을 하는 에스테르의 퍼프소매에서 튀어나온 두 팔은 육중한 곤봉 같다. 아버지가 곧 도착할 거라서 그들은 서둘러야 한다. 어머니는 반짝이는 스팽글이 수백 개나 박힌 검은 튈로 한껏 치장한 채 서 있다. 스팽글들은 어머니의 덧없는 행복만큼이나 쉽게 떨어져 내린다. 그들이 막 문을 나서려는데 퇴근한 아버지가 집에 도착한다. 아버지는 어머니의 얼굴을 노려보고는 말한다. "하, 허수아비 할망구 같네." 어머니는 대답하지 않고 아버지를 그냥 미끄러지듯 지나쳐 에스테르를 바짝 뒤따라간다. 자기가 한 말을 내가 들었다는 걸 아는 아버지는 내 맞은편에 앉아 아버지 특유의 온화하고 우울한 눈으로 자신 없는 표정을 짓는다. "넌 커서 뭐가 되고 싶니?" 아버지가 어색하게 묻는다. "밤의 여왕이요." 나는 잔인하게 대답한다. 바로 이 사람이 언제나 우리 어머니의 즐거움을 망쳐야만 직성이 풀리는 그 '디틀레우'이기 때문이다.

10

세상은 내가 중학교에 들어가면서부터 넓어지기 시작했다. 나는 공부를 계속해도 된다는 허락을 받았다. 부모님이 생각을 해 본 결과, 내가 학교를 다 마쳐도 열네 살 정도밖에는 되지 않을 테고, 에드빈에게는 교육을 시켜 주면서 나만 제외하면 안 된다는 결론을 내렸기 때문이다. 그와 동시에 나는 마침내 발데마르스가데에 있는 공공 도서관의 이용 허가를 받았다. 거기에는 어린이 책 코너가 따로 있다. 어머니는 성인을 위해 쓴 책들을 읽으면 내가 훨씬 더 이상해질 거라고 생각한다. 아버지는 거기 동의하지 않지만 나를 통제하는 사람은 어머니이고, 그처럼 중대한 사안에 관해서는 감히 세상의 질서를 거스르지 못하는 아버지는 아무 말도 하지 않는다. 그렇게 해서 나는 난생 처음으로 도서관에 발을 들인다. 그리고 그렇게 많은 책들이 한데 모여 있는 걸 보고 충격에 빠져 아무 말도 하지 못한다. 어린이 책 담당 사서인 헬가 몰레루프는 그 지역의 많은 아이들에게 널리 사랑받는 사람이다. 집이 따뜻하지 않거나 어두운 아이들은 도서관이 문을 닫는 저녁 5시까지 그곳의 열람실에 앉아 있어도 되기 때문이다. 아이들은 열람실에서 숙제를 하거나 책들을 넘겨보고, 몰레루프 양은 오직 그 애들이 떠들 때만 밖으로 내보낸다. 도서관에서는 교회에서와 마찬가지로 아주 조용히 해야 하기 때문이다. 몰레루프 양은 내게 몇 살이냐고 묻고는 자기가 생각하기에 열 살짜리에게 적합한 책들을 찾아 준다. 그는 키가 크고, 날씬하고, 예쁘고, 활기 넘치는 검은 눈동자를 지녔다. 그의 두 손은 큼직하고 아름답다. 나는 일종의 존경심을 품고 그 손을 유심히 바라보는데, 그가 그 손으로 때리는 힘이 어떤 남자보다도 세다는 말이 있어서다. 그가 입은 옷은 우리 선생님인 클라우쎈 선생님과 비슷하다. 조금 길고 매끄러운 재질의 스커트와 목에 낮은 흰색 칼라가 달린 블라우스 차림이다. 하지만 클라우쎈 선생님과는 달리, 그는 아이들을 싫어하는 마음을 도저히 극복할 수 없다는 생각 때문에 고통 받고 있는 것 같지는 않다. 사실은 그 반대다. 테이블 앞에 앉은 내 앞에는 어린이 책 한 권이 놓이는데, 다행히도 그 제목과 작가 이름은 기억나지 않는다. 나는 책을 읽는다. "'아버지, 디아나가 강아지들을 낳았어요." 날씬한 열다섯 살 소녀는 이렇게 말하며 방으로 폭풍처럼 뛰어들어 왔다. 거기에는 시의회 의원 말고도……' 기타 등등. 이런 내용이 페이지마다 이어진다. 나랑은 도저히 안 맞아서 읽을 수가 없다. 그 책은 나를 참을 수 없는 지루함과 슬픔으로 가득 채운다. 나는 어떻게 언어가―그 섬세하고 예민한 도구가―그토록 끔찍한 학대를 당할 수 있는지, 어떻게 그런 괴상한 문장들이 도서관에 들어오는 책에 쓰일 수 있는지, 도서관에서 일하는 몰레루프 양처럼 영리하고 매력적인 여성이 무방비 상태의 아이들에게 정말로 이런 걸 읽으라고 추천한 게 맞는지 이해할 수가 없다. 그러나 지금 당장은 이런 생각들을 드러낼 수 없다. 그래서 나는 이 책들이 지루하다고, 이것들보다는 사샤리아스 닐센이나 빌헤름 베르쇠에[13]가 쓴 무언가를 읽는

---

13   1835~1911. 덴마크의 곤충학자. 훗날 이탈리아로 이주해
      소설가이자 시인으로도 활동했다.

게 낫겠다고 말하는 것으로 만족해야 한다. 하지만 몰레루프 양은 줄거리가 드러나기 시작할 때까지 인내심을 가지고 읽다 보면 어린이 책도 재미있다고 말한다. 내가 성인용 책들이 꽂힌 칸에 가게 해 달라고 끈질기게 고집하자 깜짝 놀란 몰레루프 양은 그제야 굴복하고, 내가 직접 그 구역에 들어갈 수는 없으니 원하는 책을 알려 주면 가져다주겠다고 제안한다. "빅토르 후고가 쓴 책이요." 내가 말한다. "위고라고 발음하는 거야." 몰레루프 양이 미소 지으며 말하고는 내 머리를 쓰다듬는다. 나는 발음을 교정 받은 일이 부끄럽지는 않지만, 『레 미제라블』을 가지고 집에 돌아온 나를 본 아버지가 만족스러운 듯 "빅토르 후고구나. 그래, 훌륭한 작가지!" 라고 말할 때는 가르치듯 거만한 태도로 이렇게 말한다. "위고라고 발음하는 거예요." "그게 어떻게 발음되든 무슨 상관이니." 아버지는 태연히 말한다. "그런 류의 이름들은 전부 쓰인 철자대로 발음되어야 돼. 안 그런 건 그냥 허세야." 이런 식이다. 집에 돌아와 부모님에게 다른 동네 사람들이 하는 말을 아무리 들려준들 어떤 소용도 없다. 언젠가 학교의 치과 의사 선생님으로부터 엄마에게 칫솔을 사 달라고 하라는 말을 들은 나는 멍청하게도 집에 가서 그 말을 그대로 전했고, 어머니는 이렇게 호통을 쳤다. "칫솔이라면 그 여자가 얼마든지 직접 사 줄 수 있잖아. 가서 그렇게 말하면 되겠네!" 하지만 어머니는 자기 이가 아플 때면 언제나 우선 일주일쯤 아파하며 돌아다니고, 그동안 집 안에는 온통 어머니의 괴로운 신음 소리가 울려 퍼진다. 그러고서야 어머니는 층계참으로 나가 다른 여자에게 조언을 구하고, 그 여자는 슈냅스를 솜뭉치에 적셔서 염증이 생긴 이에 대고 있으라고 권한다. 어머니는 그렇게 하고 며칠을 더 지내보지만 효과는 없다. 그제야 어머니는 큰맘 먹고 가장 좋은 옷으로 쫙 빼입고는 베스테르브로가데로 나간다. 그곳에는 우리 가족 주치의가 살고 있다. 의사가 펜치를 들고 이를 뽑아내면 어머니는 잠깐 동안 평화를 되찾는다. 어머니의 이야기에 치과 전문의는 절대 등장하는 법이 없다.

중학교에서는 여자아이들이 초등학교에서보다 옷을 잘 차려입고 있고, 울며 보채는 일도 적다. 몸에 이가 있거나 '언청이'인 아이도 없다. 아버지는 내가 이제 '잘사는' 집 아이들과 함께 학교에 다니게 되겠지만, 그게 내가 우리 집을 낮잡아 볼 이유는 전혀 못 된다고 말한다. 그건 분명 사실이다. 그 아이들의 아버지는 대부분 숙련공이어서 나는 우리 아버지가 '기계 기술자'라고 말한다. 내 딴에는 그게 '화부'보다는 더 낫게 들려서다. 우리 반에서 집이 가장 부자인 여자애는 아버지가 가스베릌스바이에서 이발소를 운영한다. 이름이 에디트 슈노오르인 그 아이는 순전히 잘난 척하느라 슈노오르를 '뚜노오르'라고 발음한다. 우리 반의 담임인 마티아센 선생님은 가르치는 일이 즐거워 보이는 조그맣고 활기찬 여자다. 클라우센 선생님, 몰레루프 양, 그리고 옛날 학교의 (마녀를 닮은) 교장 선생님과 함께 그가 내게 남긴 공통된 인상이 있다면, 가슴이 완전히 절벽인 여자는 오직 일의 세계에서만 영향력을 가질 수 있다는 것이다. 우리 어머니는 예외지만, 우리 동네에 살면서 집안에 있는 다른 가정주부들은 모두 거대한 가슴을 지닌 데다가 의식적으로 가슴을 내밀고 걸어 다닌다. 왜 그런지가 나는 궁금하다. 마티아센 선생님은 우리 학교의 유일한 여자 선생님이다. 선생님은 내가 시를 좋아한다는 걸 알아낸 터라, 선생님에게 멍청한 척 연기하는 일은 소용이 없다. 나는 내가 흥미를 느끼지 못하는 과목들을 위해 그 연기를 아껴 둔다. 그런 과목은 굉장히 많다. 내가 좋아하는 건 오직 덴마크어와 영어뿐이다. 우리 영어 선생님인 담스고르는 성격이 몹시 불같은 사람이다. 그는 테이블을 탕탕 두드리고는 말한다. "맹세코 나는 너희들을 가르치고 말 거야!" 이렇게 온건한 맹세를 너무 자주한 나머지, 그는 오래지 않아 오로지 '맹세코 선생님'으로만 알려지게 된다. 한번은 그가 유독 어렵다고 생각되는 어떤 문장을 큰 소리로 읽고는 내게 그 문장을 반복해 보라고 한다. 그 문장은 이렇다. '당신의 질문에 대한 대답으로는 워번 플레이스 11번지에 있는 하숙집을 특별히 추천해 드릴 수 있겠습니다. 제 친구 몇 명이 지난겨울을 그곳에서 보냈고 그곳을 높이 평가했습니다.' 선생님은 내 정확한 발음을 칭찬하고, 그래서 나는 그 바보 같은 문장을 절대 잊지 못하게 된다.

우리 반의 여자아이들은 모두 시를 모아 놓는 노트를 가지고 있어서, 어머니를 굉장히 오랫동안 조른 뒤에 나도 한 권을 갖게 된다. 노트의 갈색 표지 위에는 '시'라는 금빛 글자가 적혀 있다. 나는 아이들 몇 명이 거기 평범한 시를 적어 놓게 놔두고, 그 사이사이에 나 자신의 시 몇 편을 적는다. 그러고는 후대 사람들이 내가 어려서부터 천재였음을 의심하지 않도록 날짜와 내 이름을 맨 아래에 덧붙인다. 나는 그 노트를 침실에 있는 수납장 서랍 속, 수건과 행주 더미 밑에 숨겨둔다. 그곳이 세속적인 사람들의 눈으로부터 비교적 안전한 장소일 것 같아서다. 그러던 어느 날 저녁, 부모님이 이모네 부부와 함께 카드게임을 하러 나가면서 집에 에드빈과 나만 남는 일이 생긴다. 에드빈은 보통 저녁이 되면 외출하는데, 견습 생활을 시작한 뒤로는 늘 피로에 절어서 나가 놀 엄두도 내지 못하고 있다. 에드 빈은 자기가 안 좋은 직장에서 일하고 있다면서 종종 아버지에게 다른 직장을 찾아 달라고 애원한다. 그래도 아무런 소용이 없자 그는 소리를 지르기 시작하고, 당장 집을 떠나 바다로 갈 거라는 위협을 비롯한 많은 이야기를 한다. 그러자 아버지도 소리를 질러 대고, 싸움에 끼어든 어머니가 에드빈 편을 들면서 거실에서는 아래층 라푼젤네 집에서 일어나는 소란마저 파묻을 만한 대소동이 일어난다. 이제 거의 저녁마다 거실의 평화라 할 만한 것이 엉망으로 깨지는 건 에드빈의 잘못이어서, 나는 가끔 에드빈이 자기가 한 위협을 실천에 옮겨 정말로 집을 떠나 버렸으면 하고 바란다. 지금 그는 부루퉁한 표정으로 틀어박혀 앉아서는 「소시알 데모크라텐」지를 넘기는 중이다. 그러는 동안 오직 벽에 걸린 째깍거리는 시계만이 침묵을 깬다. 나는 숙제를 하고 있지만 우리 사이의 침묵이 나를 계속 짓누른다. 골똘히 생각에 잠기던 에드빈은 불현듯 우리 아버지의 눈만큼이나 우울해 보이는 까만 두 눈으로 나를 빤히 쳐다본다. 그러더니 말한다. "젠장, 너 안 자냐? 이 망할 놈의 집구석에서는 도대체 혼자 있을 수가 없다니까!" "방으로 들어가면 되잖아, 왜 그래." 내가 상처받은 목소리로 대답한다. "그래, 빌어먹을, 그래 드리지." 다 중얼거린 그는 신문을 움켜쥔 채 등 뒤로 문을 쾅 닫으며 나간다. 잠시 후, 방 안에서 갑작스런 웃음소리가 터져 나온다. 나는 놀랐다가 불안해진다. 뭐가 저렇게 우스운 거지? 방으로 들어간 나는 공포에 빠져 그 자리에 얼어붙는다. 어머니 침대에 앉아 있는 에드빈의 한 손에 내 불쌍한 노트가 들려 있다. 그는 웃느라 완전히 고꾸라지기 직전이다. 수치심으로 얼굴이 새빨개진 나는 그쪽으로 한 걸음 걸어가 손을 내민다. "그 노트이리 줘." 나는 말하며 발을 탁탁 구른다. "네가 뭔데 그걸 가져가!" "아, 맙소사." 에드빈은 숨을 헐떡이면서 웃느라 몸을 웅크린다. "이거 정말 웃겨 죽겠는데. 너 정말 거짓말 장난 아니다. 들어 봐!" 그러더니 터져 나오는 웃음에 방해를 받아 가며 읽기 시작한다.

> 기억해, 우리가 그 고요하고 투명한 물결을 따라
> 미끄러져 가던 때를?
> 바다에 달이 비쳐 있었어
> 모든 것이 사랑스런 꿈 같았지
>
> 갑자기 당신은 노를 내려놓고는
> 보트가 멈추게 두었지
> 아무 말도 하지 않았지만, 내 사랑—
> 당신의 뜨거운 시선은 정말 황홀했어

당신은 두 팔로 나를 꼭 끌어안았지
사랑을 담아 입 맞췄지

절대로, 절대로 잊지 못할 거야
그대와 함께 보낸 그 시간을

"으악! 안 돼! 하 하 하!" 에드빈은 뒤로 물러나 계속 웃고, 내 두 눈에서는 눈물이 흘러내린다. "네가 싫어." 나는 무력하게 발을 구르며 소리친다. "네가 정말 싫어! 이회토 채취장에나 빠져서 죽어 버려!" 그 마지막 말과 함께 내가 막 문으로 달려가려는데, 에드빈의 정신 나간 웃음 속에 사람을 불안하게 만드는 또 다른 소리가 섞여 든다. 나는 문간에서 몸을 돌리고, 어머니의 줄무늬 깃털 이불 위에 배를 댄 채 한쪽 팔 안쪽에 얼굴을 묻고 엎드린 에드빈을 바라본다. 내 소중한 노트는 바닥에 떨어져 있다. 에드빈은 흐느껴 울고 있다. 슬픔을 가눌 수도 억누를 수도 없는 것 같다. 나는 겁에 질린다. 망설이면서 침대로 다가가지만, 그에게 손을 댈 엄두가 나지 않는다. 그건 우리가 한 번도 해 보지 않은 일이다. 나는 원피스 소매로 내 눈물을 닦은 다음 말한다. "그건 그냥 한 말이야, 에드빈, 이회토 채취장 어쩌고 했던 거 말이야. 난…… 난 심지어 그게 뭔지도 몰라." 그는 대답하지 않고 계속 흐느끼더니, 갑자기 몸을 돌려 절망적인 표정으로 나를 본다. "그 인간들이 싫어. 내 상사하고 조수들 말이야." 그가 말한다. "그 인간들이…… 나를 때려…… 하루 종일. 그리고 난 차 도색하는 거 절대 못 배울 거야. 난 그냥 밖에 나가서 그 인간들이 마셔 댈 맥주를 사 오기만 해. 직장을 바꿀 수 없으니까 아버지까지 싫어져. 그러고 집에 오면, 절대 혼자 있을 수가 없는 거야. 빌어먹을, 나 혼자만의 뭔가를 가질 수 있는 구석 하나가 없어." 나는 내 시 노트를 내려다보며 말한다. "나도 나 혼자만의 뭔가를 가질 수가 없어, 알잖아. 그리고 아버지도, 어머니도 마찬가지야. 그분들은 절대 자기들끼리만 있을 수가 없잖아. 심지어 그걸…… 그걸 할 때도……." 놀라서 나를 쳐다보던 에드빈이 마침내 울음을 그친다. "그러네." 그가 슬프게 말한다. "맙소사, 난 그런 생각은 해 보지도 못했는데." 그가 일어난다. 물론, 여동생에게 약한 모습을 보이고 만 것을 후회하면서. "있잖아." 그가 거친 목소리로 말한다. "아마 집을 떠나면 모든 게 나아질 거야." 나는 그 점에 대해서는 그와 의견이 같다. 이제 나는 밖으로 나와 식료품 보관실에서 달걀을 센다. 두 개를 꺼낸 다음 실제보다 많아 보이도록 나머지 달걀들의 자리를 바꿔 놓는다. "우리 둘이 먹을 달걀 슈냅스[14] 만들게." 나는 거실을 향해 소리친 다음 준비하기 시작한다. 그 순간, 나는 에드빈이 내게서 멀고, 경이롭고, 잘생기고, 쾌활한 존재였던 그 모든 시절에 그랬던 것보다 훨씬 더 그가 좋아진다. 그 어떤 것에도 기분이 나빠지지 않는 것처럼 보일 때 그는 별로 사람 같지가 않았었다.

---

14 에그노그와 비슷한 음료

11

게르다는 아이를 낳을 예정이다. '양철 코'는 사라졌다. 루트는 그에게 아내와 아이들이 있었다면서 유부남과는 절대 어울리면 안 된다고 내게 말한다. 나는 유부남이 아닌 남자와도 어울릴 일이 없을 것 같지만, 그건 나만의 비밀로 해 두기로 한다. 어머니는 혹시라도 아이가 생겨서 집에 왔다가는 쫓겨날 줄 알라고 내게 말한다. 게르다는 쫓겨나지 않는다. 그저 1주일에 25크로네를 받으며 일하던 공장을 그만두었을 뿐이다. 이제 게르다는 부른 배를 안고 집에서 지내면서 하루 종일 노래며 콧노래를 불러 댄다. 그간 무슨 일이 있었건 간에 그가 선한 마음을 잃어버리지는 않았다는 걸, 이렇게 멀리서만 들어도 알 수 있다. 게르다는 땋고 다니던 금발머리를 자른 지 오래됐고, 나는 마음속에서 그를 더 이상 라푼젤이라고 부르지 않는다. 사실 그 동화 속의 소녀도 눈먼 왕자가 사막에서 발견했을 때는 이미 쌍둥이를 낳은 뒤였지만 말이다. 그 부분은 너무 근사하고 아득한 얘기처럼 들린 나머지 이해하지 못한 채 지나가기 쉽고, 나 역시 어렸을 때는 어떻게 그런 일이 일어날 수 있는지에 대해 조금도 생각해 보지 못했다. 집주인 여자의 딸 올가는 작년에 어느 군인의 아이를 낳았는데, 그 남자 역시 흔적 없이 사라졌다. 하지만 그때 올가는 열여덟 살이 넘은 나이였다. 올가는 나중에 어느 경찰과 결혼했는데, 그 경찰은 아이의 아버지가 누군지에 대해서는 신경 쓰지 않는 사람이었다. 나는 부른 배를 한 여자들을 볼 때마다 오직 그들의 얼굴만 보려고 최선을 다하고, 그 얼굴에서 요하네스 빌헬름 옌센[15]의 시에 나오는 한 구절 같은 초월적인 행복의 흔적을 찾아보려는 헛된 노력을 한다. '나는 부풀어 오른 가슴 속에 달콤하고 갈망에 찬 샘 하나를 지니고 다니네.'

---

15 1873~1955. 덴마크의 소설가이자 시인으로 장편 소설 『긴 여행』 등을 남겼다.

그 여자들의 두 눈에는 언젠가 내가 아이를 임신하면 분명 갖게 될 것 같은 종류의 영광스러운 표정은 담겨 있지 않다. 아버지는 내가 도서관의 시집들을 집까지 잔뜩 지고 오지 못하게 하고, 결국 나는 산문이 담긴 책 속에서 시들을 찾아내야 한다. "죄다 뜬구름 잡는 소리들이야." 아버지는 경멸에 찬 목소리로 이렇게 말한다. "시들은 현실하고 아무 관련이 없어." 나는 현실을 좋아해 본 적도 없고, 현실에 관해 쓰지도 않는다. 내가 헤르만 방[16]의 『길가에서』를 읽고 있으면 아버지는 두 손가락 사이에 그 책을 끼워 들어 올리고는 온갖 싫은 티를 다 내며 말한다. "이 사람이 쓴 건 아무것도 읽어선 안 돼. 이 사람은 정상이 아니었다고!" 정상이 아니라는 게 끔찍하다는 건 나도 안다. 정상인 척하려고 애를 쓰느라 나도 나름의 고생을 하고 있다. 그래서 헤르만 방 역시 정상이 아니었다는 걸 알게 되자 나는 되레 위로받는 기분이 든다. 열람실에서 나는 그 책을 마저 읽고 마지막 부분에서 울음을 터뜨린다. '무덤 잔디 밑에는 가엾은 마리아네가 잠들어 있네. 소녀들아, 와서 가엾

---

16 1857~1912. 덴마크의 기자이자 작가. 유럽 인상주의 소설계의 주요 작가로 평가받으며 『희망 없는 세대』, 『티네』 등의 작품을 남겼다. 동성애자로 알려져 탄압을 받기도 했다.

은 마리아네를 위해 울어 주렴.' 나도 그렇게 누구라도 이해할 수 있는 시를 쓰고 싶다. 아버지는 내가 아그네스 헤닝센[17]의 작품 역시 읽지 않았으면 하는데, 헤닝센이 공공의 여자이기 때문이다. 아버지는 이 표현이 무엇을 뜻하는지는 알려 주지 않는다. 만약 아버지가 내 시가 들어 있는 노트를 본다면 아마도 불태우려 할 것이다. 에드빈이 발견해 비웃은 뒤로 나는 그 노트를 항상—낮에는 책가방에, 아니면 고무줄이 노트를 빠져나오지 않게 잡아 주는 속바지 속에 넣어서—지니고 다닌다. 밤에는 내 매트리스 밑으로 집어넣는다. 그건 그렇고, 에드빈은 훗날 내게 말하게 된다. 자기는 사실 그 시들이 훌륭하다고 생각했다고. 물론 그게 나 말고 다른 사람이 쓴 거였다면 말이지만. "시 전체가 거짓말이라는 걸 알면 그냥 죽도록 웃을 수밖에 없어." 에드빈은 이렇게 말한다. 나는 그의 칭찬이 기쁘다. 그 시가 거짓말이라는 점은 별로 신경 쓰이지 않기 때문이다. 나는 진실을 드러나게 하려면 이따금씩 거짓말을 해야 한다는 걸 안다.

---

17 1868~1962. 덴마크의 작가이자 성적 자유를 위해 싸운 활동가. 부르주아 계급의 관습을 거부하면서 자유로운 혼외 관계를 이어 가며 동시대 사람들로부터 비난을 받기도 했다.

케티와 케티 어머니가 쫓겨난 뒤로 우리에겐 새 이웃이 생긴다. 이위테라는 이름의 딸이 있는 나이 많은 부부다. 초콜릿 가게에서 일하는 이위테는 우리 아버지가 야간 교대 근무를 하는 날 저녁이면 종종 우리 집에 찾아와서 우리 어머니와 함께 무척 즐거운 시간을 보낸다. 어머니는 자기보다 젊은 여자들과 최고로 잘 맞기 때문이다. 이위테는 기꺼이 에드빈과 내게 초콜릿을 가져다준다. 아버지는 그 초콜릿이 어쩌면 훔쳐 온 걸지도 모른다고 말하지만, 우리는 행복해 하며 그것을 먹는다. 이위테의 이 후한 마음은 내게 엄청난 일을 일으킨다. 어느 날 내가 학교에서 집에 돌아오자 어머니가 묻는다. "음, 오늘 가져간 점심 도시락 괜찮지 않았니?" 나는 얼굴이 빨개지면서 말을 더듬는다. 어머니가 무슨 말을 하는지 알 수가 없다. 나는 점심 도시락은 언제나 손도 안 대고 버리기 때문이다. 신문지로 싸여 있는 도시락. 다른 아이들 도시락은 기름종이로 싸여 있는데, 그건 우리 어머니가 평생 절대로 쓰지 않을 물건이다. "아, 네." 나는 초라한 말투로 대답한다. "굉장히 맛있었어요." "난 걔가 정말로 그걸 훔치는 건지 궁금하더라." 어머니가 수다스럽게 말한다. "가게 주인이 감시할 법도 한데 말이야." 나는 내 점심 꾸러미에 초콜릿 몇 개가 들어 있었다는 걸 그제야 알게 되고, 안

도함과 동시에 큰 행복을 느낀다. 그건 사랑의 신호이기 때문이다. 그러고 보니 어머니가 내 거짓말을 알아차린 적이 한 번도 없다는 건 제법 이상한 일이다. 반면에, 어머니는 진실은 거의 믿는 법이 없다. 내 생각에 내 어린 시절의 대부분은 어머니의 성격을 이해하려고 애쓰면서 지나간 것 같은데, 어머니는 여전히 그때처럼 수수께끼 같으면서도 사람을 불안하게 만드는 사람으로 남아 있다. 그중에서 가장 나쁜 부분은 어머니가 며칠 동안이나 원한을 품을 수 있다는 것이다. 그때 어머니는 말을 전혀 하지 않고, 상대방 말을 듣는 것도 시종일관 거부하기 때문에 상대방은 어머니가 무엇 때문에 그렇게 화가 난 건지 절대 알아내지 못한다. 어머니는 아버지에게도 똑같이 그렇게 한다. 한번은 에드빈이 여자아이들과 함께 논다고 어머니가 놀리자, 아버지가 이렇게 말한 적이 있었다. "글쎄, 여자아이들도 똑같은 사람이잖아." "흥." 어머니는 그렇게 소리를 내고 입술을 앙다물더니, 1주일은 족히 지날 때까지 다시 입을 열지 않았다. 사실 그때 나는 어머니 편이었는데, 남자아이들과 여자아이들은 당연히 함께 놀아서는 안 되기 때문이다. 학교에서도 남매 관계가 아니면 그럴 수 없다. 하지만 남자아이는 자기 여동생과 함께 있는 모습을 보이는 위험을 무릅쓰려고 하지 않는다. 그래서 에드빈과 내가 길을 반드시 함께 걸어가야만 할 때면 나는 늘 그보다 세 걸음 뒤에서 걷고, 어떤 상황에서도 내가 그를 안다는 티를 내지 말아야 한다. 나는 누가 자랑할 만한 존재가 아닌 것이다. 우리 어머니도 그렇게 생각한다. 왜냐하면 어머니는 우리 가족이 인민의 집 기념식에 참가할 때 나를 조금이라도 품위 있어 보이게 하려고 엄청난 노력을 기울이기 때문이다. 어머니는 내 뻣뻣한 노란 머리를 고데기로 말고, 이위테에게서 빌린 구두가 맞도록 발가락을 오므리라고 내게 쾌활한 목소리로 말한다. "이런 젠장, 토베는 충분히 예뻐." 행사를 위해 산 흰색 셔츠에 달린 칼라 때문에 나름대로 애를 먹고 있던 아버지가 나를 위로한다. 에드빈은 이제 너무 큰 나머지 가족과 함께 외출해야 한다는 데 화가 나 있고, 그래서 그날은 내게 늘 하던 사랑스러운 말, 그러니까 내가 너무 못생겨서 결혼도 절대 못할 거라는 따위의 말들도 생략한다. 그날 저녁은 아주 특별하다. 스타우닝이 노동자들에게 연설을 한 뒤에 베스테르브로의 당원 모집 담당관 모두에게 개인적으로 선물을 할 예정이고, 그중에 우리 아버지도 포함돼 있어서다. 아버지는 일요일마다 우리 동네 건물들의 계단을 터벅터벅 걸어 오르내리면서 당에 입당할 사람들을 모집하고, 어머니는 한 달에 한 번씩 당비 50외레를 내야 할 때마다 아버지를 탈당시켜 그를 절망하게 만든다. 그러면 아버지는 한 무더기의 저주를 중얼거리며 자기의 낡은 모자를 낚아챈 다음, 다시 가입을 하려고 모집 담당관을 서둘러 따라간다. 어머니는 스타우닝과 그의 당에 대해 말로는 잘 표현할 수 없는 증오를 품고 있고, 이따금씩 아버지가 옛날에는 거의 공산주의자만큼이나 불온한 인간이었다고 넌지시 말한다. 어머니는 공산주의자라는 단어를 큰 소리로 말하지는 않지만—그럴 엄두를 못 내지만—그 말을 듣다 보면 가끔씩 내가 아주 어렸을 때 아버지가 늘 읽고 있던 금지된 책이 떠오른다. 행복한 노동자 가족이 붉은 깃발을 올려다보는 그림이 들어 있던 그 책을 생각하면, 어머니가 넌지시 흘린 말도 아마 어느 정도는 사실일 것이다.

스타우닝이 연단으로 올라가자 내 심장이 빠르게 뛴다. 분명 우리 아버지 심장도 그럴 것 같다. 스타우닝은 늘 하던 방식대로 이야기하고, 그중에서 내가 알아듣는 건 많아야 절반밖에 안 된다. 하지만 나는 그의 목소리를 즐긴다. 마음을 달래듯 내 영혼 위에 내려앉는 차분하고도 어두운 목소리, 스타우닝이 존재하는 한 정말로 나쁜 일은 우리에게 일어날 수 없다고 보증하는 그 목소리. 이제는 한참 전 일인데도 그는 8시간 노동제 도입에 대해 말한다. 노동조합에 대해 말할 때는 어떤 작업장에서도 용납되어서는 안 되는 괘씸한 파업 파괴자들을 언급한다. 나는 재빨리 나 자신에게, 스타우닝에게, 그리고 하느님에게 절대로 파업을 파괴하지 않겠다고 맹세한다. 그는 당을 분열시키고 조직에 해를 끼치는 공산주의자들에 대해 말할 때는 성난 천둥처럼 목소리를 높이지만, 곧바로 실업률에 대한 설명으로 넘어가면서 부드럽고 거의 다정하기까지 한 모습으로 돌아간다. 높은 실업률이 스타우닝의 탓이라고 말하는 사람은 우리 어머니만은 아니다. 하지만 스타우닝은 그게 아니라고, 실업 문제는 순전히 전 세계적인 경기 침체 때문이라고 말하고, 나는 '침체'가 재미있고 매력적인 표현이라고 느낀다. 나는 상상한다. 별 하나 없는, 위로할 길 없는 회색빛 하늘에서 빗줄기가 쏟아지는 동안 모두가 자기 집 차양을 내린 채 불을 끄는 장면을. 그 깊고 깊은 슬픔에 잠긴 세계를. "그리고 이제," 마침내 스타우닝이 말한다. "우리의 대의를 위한 노고에 보상하는 의미로, 부지런한 당원 모집 담당관 여러분 각자에게 상품을 수여할 수 있게 되어 대단히 기쁩니다!" 우리 아버지가 그들 중 한 명이라는 자랑스러움으로 얼굴이 빨개진 나는 아버지가 앉아 있는 곳을 곁눈질로 바라본다. 불안한 듯 콧수염을 꼬던 아버지는 내가 자신만큼이나 기뻐한다는 걸 아는 것처럼 나를 보고 미소 짓는다. 에드빈은 금방이라도 곯아떨어질 것처럼 보인다. 직장 문제 때문에 다툰 아버지와 에드빈 사이에는 여전히 냉담한 분위기가 흐르는 중이다. 이제 스타우닝은 각 담당관의 이름을 큰 소리로 분명하게 말하고, 남자들의 손을 한 명씩 차례로 꽉 붙잡고, 그들 각자에게 책 한 권씩을 준다. 아버지의 차례가 되자 내 눈앞은 온통 흐려진다. 아버지가 받은 책의 제목은 『시와 도구들』이고, 속표지에는 스타우닝이 자신의 이름과 감사의 말 몇 마디를 적어 놓았다. 명예를 얻은 아버지의 행복은 집으로 돌아가는 길에도 여전히 남아 있다. 아버지는 이렇게 말한다. "네가 크면 그 책을 읽게 해 주마. 넌 시를 좋아하잖니." 어머니와 에드빈은 우리와 함께 있지 않다. 그 둘은 행사가 끝난 뒤 춤을 추러 갔는데, 춤은 세상 진지한 우리 아버지의 관심을 조금도 끌지 못하고, 나는 춤추기엔 너무 어리다. 나중에 어머니는 그 책을 책장 안쪽 아주 깊숙이에, 책장 유리문을 닫으면 보이지 않는 자리에 밀어 넣는다. "망할 놈의 일요일마다 계단이 닳도록 돌아다니고 참 대단한 보상을 받았네." 어머니는 경멸을 가득 담아 아버지에게 말한다. "그러면서 파업 파괴자들이 어쩌고 저임금이 어쩌고 하다니. 세상에 맙소사!" 평화 속에서 행복을 느끼는 일이 허락되지 않는 건 우리 아버지도 마찬가지다.

12

시간이 흘러갔고, 내 어린 삶은 점점 얇아지고 납작해
지면서 종이처럼 변했다. 그것은 피로에 절었고, 닳아
갔고, 상황이 안 좋을 때면 내가 어른이 될 때까지 견
뎌 내지 못할 것처럼 보였다. 다른 사람들 눈에도 그게
보이는 모양이었다. 아그네테 이모는 우리 집에 찾아
올 때마다 이렇게 말했다. "아이구 세상에, 이렇게나 많
이 컸구나!" "그치." 어머니는 이렇게 말하고 측은하다
는 듯 나를 쳐다보았다. "살집만 좀 붙으면 좋을 텐데."
어머니 말이 맞았다. 나는 종이 인형처럼 납작했고 옷
들은 옷걸이에 걸린 것처럼 내 어깨에 걸려 있었다. 내

어린 삶은 내가 열네 살이 될 때까지 계속될 예정이었다. 하지만 만약 그 전에 삶이 바닥나 버리면 나는 어떡해야 할까? 우리는 정작 중요한 질문들에 대해서는 어떤 답도 구하지 못했다. 나는 부러움에 가득 찬 채로 루트의 어린 삶을, 견고하고 매끄럽고 금 하나 가 있지 않은 그것을 노려보았다. 그것은 루트보다 오래 살아남을 것처럼, 그래서 다른 누군가가 물려받아 닳을 때까지 써도 될 것처럼 보였다. 루트 자신은 그걸 몰랐다. 길에서 남자아이들이 내게 "언니, 거기 위쪽은 날씨가 어때?" 하고 소리쳤을 때, 루트는 그 애들의 등 뒤에 저주와 욕설을 연달아 쏟아 내서 겁을 주고 도망치게 만들었다. 루트는 내가 수줍음을 타고 상처도 잘 받는다는 걸 알았고, 언제나 나를 보호해 주었다. 하지만 이제 나는 루트만으로는 충분치 않았다. 몰레루프 양으로도 충분치 않은 건 마찬가지였는데, 그에게는 돌봐야 할 아이들이 너무도 많았고 나는 그저 그 수많은 아이 중 한명일 뿐이었기 때문이다. 내 꿈은 한결같았다. 내 시들을 보여 주고 칭찬을 받을 수 있는 한 사람, 그 단 한 사람을 찾는 것이었다. 나는 죽음에 관해 점점 더 많이 생각하면서 죽음을 친구로 여기게 되었고, 죽고 싶다고 자신에게 되뇌었고, 한번은 어머니가 시내에 나가 있을 때 빵칼을 꺼내서는 동맥을 찾을 수 있기를 바라며 손목을 긋기도 했다. 내내 절망한 어머니가 곧 내 시체 위로 몸을 던져 흐느껴 울게 될 거라는 생각에 큰 소리로 울면서 말이다. 실제로 일어난 일이라고는 살이 약간 베인 것뿐이었지만, 아직도 그 자리에는 희미한 흔적이 남아 있다. 이 불확실하고 흔들리는 세계 속에서, 내 유일한 위안은 이런 시를 쓰는 것이었다.

> 한때 나는 젊었고 환히 달아올랐지
> 웃음과 즐거움으로 가득 차서
> 나는 얼굴을 붉히는 장미 같았네
> 이제는 늙고 잊힌 사람이지만

그때 나는 열두 살이었다. 내 다른 시들은 모두 에드빈이 말한 것처럼 여전히 '거짓말이 장난이 아니었다.' 그것들은 대부분 사랑을 다루고 있었고, 쓰인 내용을 그대로 믿는다면 나는 애정을 쟁취하는 흥미로운 일들로 채워진 방탕한 삶을 살고 있었다.

나는 만약 우리 부모님이 다음과 같은 시를 보게 된다면 내가 소년원으로 보내질 거라고 확신했다.

> 내가 느낀 건 기쁨이었죠, 친구,
> 우리의 입술이 닿았을 때,
> 우리가 이 순간을 위해
> 태어난 것임을 알았고, 이제,

내 희미한 어린 꿈은 사라졌어요
삶으로 통하는 문은 열린 채로 있고
인생은 아름다워요, 친구, 고마워요,
당신은 그 뜨거움으로
내게 세례를 베풀었으니

나는 가상의 인물에게, 루트에게, 그도 아니면 아무도
대상으로 하지 않고서 사랑 시들을 썼다. 나는 내 시들
이 아직 완전히 떨어져 나가지 않은 딱지 밑에 매끈하
게 돋아난 새 피부처럼 내 어린 시절의 휑한 공간들을
덮어 준다고 생각했다. 내가 쓴 시들이 어른으로서의
내 모습을 빚어내게 될까? 나는 궁금했다. 그 시절 나
는 거의 언제나 우울했다. 거리에 부는 바람은 세상 전
체가 못마땅한 시선으로 바라보던 내 키 크고 여윈 몸
을 차갑게 뚫고 지나갔다. 어른들을 보면 항상 그랬던
것처럼, 학교에서도 나는 언제나 눈을 부릅뜨고 선생
님들을 노려보았다. 어느 날 대리 교사로 온 음악 선생
님이 내 자리로 조용히 건너오더니 조용하지만 또렷한
목소리로 말했다. "난 네 얼굴이 맘에 안 드는구나." 집
에 온 나는 수납장 위에 있는 거울 속의 내 얼굴을 노
려보았다. 얼굴은 창백했고, 두 뺨은 통통했고, 두 눈은
겁에 질려 있었다. 위쪽 앞니에는 법랑질이 조그맣게
움푹움푹 들어간 곳들이 눈에 띄었는데, 어렸을 때 구

루병을 앓으면서 생긴 흔적들이었다. 그 얘기를 해 준 사람은 학교 치과 의사 선생님이었다. 선생님은 그 병이 영양 부족 때문에 생기는 거라고 했다. 그 이야기는 물론 나만 아는 비밀이 되었다. 집에 전해 줄 만한 내용이 아니었기 때문이다. 점점 우울해져 가는 이유를 나 자신에게 설명할 수 없게 되자, 나는 전 세계적인 경기 침체가 마침내 내게도 타격을 입힌 거라고 생각했다. 그즈음 나는 다시는 돌아오지 않을, 내가 아주 어렸던 시절을 픽 자주 떠올렸다. 모든 것이 그때는 더 좋았던 것처럼 느껴졌다. 저녁에, 나는 창턱에 올라앉아 시 노트에 이렇게 적었다.

> 끊어진 그 가는 현들은
> 다신 이어질 수 없네
> 음색이 휘청이지 않고서는
> 한 음이 정말 죽어 버리지 않고서는

나중에는 상황이 달라졌지만, 그때는 내 귓가에 이렇게 속삭여 줄 카이 묄레르[18] 같은 사람이 없었다. "어순이 뒤집히는 걸 조심해요, 디틀레우센 양, 그리고 '다신'

---

18   1888~1960. 덴마크의 시인이자 문학평론가이며, 기자로도
      활동했다.

같은 단어도!" 그때 내가 문학적 본보기로 삼은 것들은 찬송가, 발라드, 그리고 1890년대의 시인들이었다.

어느 날 아침, 잠에서 깨어나니 정말 끔찍한 느낌이 들었다. 목구멍이 아팠고, 마룻바닥에 발을 딛자 얼어붙을 것처럼 추웠다. 어머니에게 학교를 쉬고 집에 있어도 되느냐고 물었지만, 어머니는 얼굴을 찡그리며 그런 말도 안 되는 소리 하지 말라고 했다. 어머니는 예정에 없던 일이 생기거나 손님들이 미리 알리지 않고 찾아오는 상황을 견디지 못했다. 나는 열이 펄펄 끓는 상태로 학교에 갔다가 첫 수업 시간에 일찌감치 집으로 보내졌다. 그때쯤엔 어머니도 정신을 차리고 내가 아프다는 사실을 받아들였다. 나는 침대에 도로 들어가자마자 잠에 빠졌고, 다시 깨어났을 때는 어머니가 한창 집 전체를 대청소하는 중이었다. 침실에 깨끗한 커튼을 달던 어머니는 내가 부르자 돌아보았다. "깨어나서 다행이다." 어머니가 말했다. "조금 있다가 의사 선생님이 오실 거다, 내가 이걸 끝내기만 하면." 나는 복지 담당 의사 선생님이 끔찍히도 무서웠는데, 그를 무서워하는 건 우리 어머니도 마찬가지였다. 침구를 간 어머니가 가느다란 머리핀으로 내 양쪽 귀를 청소하고 나자 현관 초인종이 울렸고, 어머니는 허둥지둥 달려 나가 문을 열었다. "어서 오세요." 어머니가 공손하

게 말했다. "번거롭게 해 드려 죄송합니다……." 어머니
는 뭔가 더 말하려 했지만 의사가 발작하듯 토해 내는
격렬한 기침에 가로막혔다. 손수건에 대고 연거푸 헛
기침을 하며 침을 튀긴 의사는 지팡이를 들어 어머니
를 옆으로 밀어냈다. "그래요, 그래." 숨을 가다듬은 그
가 소리쳤다. "저놈의 계단! 죽을 뻔했네. 무슨 숨 쉴 공
간도 없고. 이런 식으로 일을 하면 안 되는데. 부인은
확실히 기억이 납니다. 치아에 문제가 있으셨죠. 그런
데 도대체 누가 아픈 거지요? 아, 따님이군요. 대체 어
디 있죠?" "여기 방 안에요." 어머니가 안내를 하자, 의
사는 배를 집어넣고 무척 힘겹게 부부 침대를 지나 내
게로 건너왔다. "좋아요." 그가 소리치더니 내 위로 얼
굴을 숙였다. "어디가 문제니? 꾀병 부리고 학교 땡땡
이친 건 아니지?" 그의 모습이 너무 혐오스러워서 나는
깃털 이불을 턱까지 바짝 끌어올렸다. 그는 튀어나올
듯한 까만 두 눈동자로 나를 눈여겨보았고, 나는 우리
가 가난하기는 해도 귀는 조금도 안 먹었다고 말하고
싶어졌다. 그의 두 손은 빽빽한 털에 덮여 있었고, 양쪽
귀에서도 두껍고 검은 털 다발이 하나씩 튀어나와 있
었다. 그가 숟가락을 달라고 고함치자 그걸 가져오려
고 부엌으로 달려가던 어머니는 자기 발에 걸려 하마
터면 넘어질 뻔했다. 그는 조그만 라이트를 내 목구멍

안쪽에 비추고 내 목 양쪽을 만져 보더니 불길하게 말했다. "학교에 디프테리아 걸린 사람 있니? 어때? 너희 반 아이들 중에 있어?" 나는 고개를 끄덕였다. 그러자 그는 시큼한 무언가를 맛본 것처럼 얼굴을 찡그리더니 소리쳤다. "디프테리아예요! 당장 병원에 가야겠네요! 제기랄!" 어머니가 나무라는 눈으로 나를 빤히 쳐다보았다. 마치 바쁘신 의사 선생님께 내가 그토록 버릇없는 뭔가를 선사할 줄은 몰랐다는 듯이. 의사는 자기 지팡이를 사납게 낚아채더니 입원 서류를 쓰기 위해 거실로 쿵쿵 걸어 나갔다. 나는 겁에 질렸다. 병원이라니! 내 시들은! 지금 그것들을 어디에 숨긴단 말인가? 그러나 다시 잠이 나를 찍어 눌렀고, 눈을 떴을 때는 침대 가장자리에 어머니가 앉아 있었다. 어머니는 몹시 다정한 목소리로 원하는 게 있느냐고 물었고, 나는 삼킬 수 없다는 걸 알면서도 어머니를 기쁘게 하려고 초콜릿을 하나 달라고 했다. 이위테 덕분에 이제 우리 집에는 초콜릿이 늘 준비돼 있었다. 구급차를 기다리는 동안 나는 어머니에게 내 시 노트를 가져가고 싶다고, 병원에 있는 누군가가 거기에 뭔가를 쓰고 싶어 할지도 모른다고 설명했다. 어머니는 반대하지 않았다. 구급차 안에서 어머니는 내 곁에 앉아 내 이마와 두 손을 내내 쓰다듬었다. 나는 어머니가 전에 언제 내게 그런 일을

해 주었는지 기억나지 않았고, 당황스러우면서도 기뻤
다. 거리를 걸을 때나 상점에 들어가 서 있을 때면, 나
는 조그만 아이들을 두 팔에 안고 있거나 어루만지고
있는 어머니들을 기쁨과 질투가 뒤섞인 마음으로 쳐다
보곤 했다. 아마 우리 어머니도 언젠가 그랬었겠지. 내
가 기억하지 못하는 것이리라. 병원에 도착한 나는 다
양한 나이대의 아이들이 있는 커다란 병실에 배정되었
다. 우리는 모두 디프테리아에 걸려 있었고, 대부분은
꼭 나처럼 아팠다. 나는 내 시 노트를 서랍에 넣었다.
내가 그런 걸 갖고 있다고 이상하게 생각하는 사람은
아무도 없었다. 나는 그 병실에 석 달 동안 누워 있었지
만 입원 기간 중에 무슨 일이 있었는지에 대해서는 거
의 아무것도 기억하지 못한다. 면회 시간이 되면 어머
니는 창밖에 서서 안에 있는 내게 소리를 쳤다. 어머니
는 내가 퇴원하기 직전에 담당 의사와 얘기를 나눴는
데, 의사는 내가 빈혈에다 체중도 적게 나간다고 했다.
그 두 가지 다 우리 어머니의 마음을 아프게 했다. 퇴원
하고 처음 며칠 동안, 어머니는 아버지가 다시 일자리
를 잃었는데도 내게 호밀죽을 비롯해 여러 가지 살찌
는 음식들을 만들어 주었다. 내가 그토록 오래 자리를
비운 동안, 루트는 집주인 여자의 딸로 뚱뚱하고 흰머
리가 있는 미나와 딱 붙어 다니는 사이가 되었다. 이제

루트는 항상 미나와 함께 쓰레기통이 있는 구석 주위를 서성거리고 있었다. 막 열세 살이 되는 미나는 그런 영예를 얻기에는 아직 어렸는데도 말이다. 나는 버림받아 혼자가 된 기분이었다. 오직 밤과 빗줄기와 나의 말없는 저녁 별만이, 그리고 나의 시 노트만이 그 무렵의 내게 실낱같은 위로를 안겨 주었다. 나는 오직 이런 시들만 썼다.

> 너는 상념과 칠흑에 잠긴 밤
> 나를 다정한 어둠으로 감싸는
> 내 영혼을 축복하는 고요와 온화
> 나는 까무룩하고 가벼워
>
> 방울이 고운 비는 조용히 내려
> 창문을 부드럽게도 두드리고
> 나는 머리를 베개에 눕혀
> 서늘한 베갯잇의 경사 위에
>
> 조용히 나는 잠들어
> 축복받은 밤, 내 가장 친한 벗
>
> 내일이면 다시 삶을
> 알아차리게 될 거야
> 슬픔의 구렁에 잠긴 영혼을

어느 날 오빠가 내 시 중 한 편을 잡지에 팔아 보라고 말했지만, 나는 내 시에 돈을 지불할 사람이 있을 거란 생각을 할 수 없었다. 사실 누군가가 그걸 어딘가에 실어 주기만 한다면 돈은 별로 상관없었다. 물론 그 누군가와 내가 얼굴을 마주할 일은 결코 없을 거였다. 언젠가 내가 어른이 되면 내 시들은 당연히 진짜 책에 실릴 테지만, 나는 그 일이 일어나게 하려면 어떻게 해야 하는지는 알지 못했다. 어쩌면 아버지는 알고 있는지도 몰랐다. 하지만 아버지는 여자는 시인이 될 수 없다고 했으므로 나는 그에게는 아무것도 말하지 않을 생각이었다. 어쨌든 일단은 시를 쓰는 것만으로 충분했다. 지금껏 내 시들을 비웃고 깔보기만 했던 세상에 그것들을 보여 주려고 그렇게 서두를 필요는 없었다.

13

페테르 이모부가 외할머니를 죽였다. 적어도 우리 부모님과 로살리아 이모는 그렇게 말한다. 눈보라가 심하게 몰아치던 크리스마스이브에 페테르 이모부와 아그네테 이모가 외할머니를 모시러 갔다. 세 사람 모두 시가 전차를 타려고 적어도 15분은 기다렸는데, 엄청나게 돈이 많은데도 불구하고 페테르 이모부의 머릿속에 집까지 택시를 타고 가야겠다는 생각은 떠오르지 않았던 모양이다. 저녁이 되자 외할머니는 폐렴 증상을 보였고, 이모와 이모부는 그분을 응접실에 마련된 소파에 눕혔다. 그 응접실은 물론 매년 크리스마스 무렵만큼은 난방이 되는 공간이었다. "하지만 알다시피." 우리 어머

니는 말한다. "1년에 딱 사흘밖에 난방을 안 하는 방이
니 얼마나 습하겠니." 외할머니는 크리스마스 연휴 내
내 거기 누워 있었고, 우리 모두는 그곳을 찾아갔다. 외
할머니는 자기가 죽을 거라고 완전히 확신하고 있었지
만 다른 누구도 그 말을 믿지 않았다. 외할머니는 높은
칼라가 달린 흰색 잠옷을 입고 누워 있었고, 우리 어머
니의 손을 닮은 여윈 두 손은 몹시 중요한 무언가를 찾
으려고 헛된 노력을 하는 것처럼 쉴 새 없이 깃털 이불
위를 움직여 다녔다. 안경을 쓰지 않은 외할머니의 코
는 길고 뾰족했고, 짙은 푸른색 두 눈망울은 더없이 맑
았다. 쑥 들어간 입가에는 미소를 지을 때만 빼면 늘 단
호하고 융통성 없어 보이던 특유의 표정이 드러나 있
었다. 외할머니는 자신의 장례식에 대해, 그리고 란만
스 은행이 불미스럽게도 도산했을 때 날아간 500크로
네에 대해 쉬지 않고 이야기를 했다. 어머니와 이모들
은 실컷 웃으며 말했다. "장례식은 근사하게 치러 드릴
게요, 엄마. 그럴 때가 되면요." 외할머니의 말을 심각
하게 받아들인 건 나 혼자뿐이었던 것 같다. 나는 외할
머니가 어쨌든 일흔여섯 살이니까 살날이 많이 남진
않았을 거라고 생각했다. 우리는 장례 때 어떤 찬송가
를 부를지도 결정했다. 「교회 종, 큰 도시가 아니라 작
은 마을을 위해 만들어졌네」와 「손에 주님의 쟁기를 잡

았다면 뒤돌아보지 말지니」였다. 후자는 원래 장례식용 찬송가는 아니었지만, 내가 외할머니 댁에 갈 때마다 늘 함께 부를 정도로 우리 둘이 무척 좋아하던 노래였다. 물론 내가 그 노래를 고른 데에는 복수심도 약간 들어가 있긴 했다. 우리 아버지가 그 노래를 다른 무엇보다도 싫어했던 것이다. 아버지가 생각하기에 '흐느낌에 목소리가 죄어들 때면 황금빛 수확을 생각하라'는 가사는 교회가 노동 계급에 대해 적대감을 품고 있다는 증거였다.

　나는 외할머니를 위해 직접 찬송가를 쓰고 싶은 마음이 굴뚝같았지만 결국 쓰지는 못했다. 여러 번에 걸쳐 쓴 곡들이 죄다 오래된 찬송가들 가운데 한 곡처럼 들리는 바람에 슬프지만 포기해야 했다. 크리스마스 다음다음날, 끔찍한 일이 일어났다. 엄마를 포함한 세 자매가 외할머니의 침대 맡에 앉아 있고 페테르 이모부가 방에 있을 때였다. 갑자기 현관 초인종이 울려서 내 사촌 중 한 명이 문을 열자 끔찍한 몰골을 한 '밑 빠진 독'이 주위를 밀치며 병상을 향해 걸어 들어왔다. 로살리아 이모가 두 손으로 얼굴을 감싸더니 울음을 터뜨렸다. 밑 빠진 독은 로살리아 이모에게 주먹을 휘두르며 당장 집에 오지 않으면 온몸의 뼈를 분질러 버리겠다고 고함을 쳤다. 페테르 이모부가 앞으로 걸어 나가더니 술 취한 자의 몸을 움켜잡았고, 아이인 우리들은 방에서 쫓겨 나갔다. 끔찍한 소란과 여자들의 비명, 그리고 그 모든 소음을 뚫고 밑 빠진 독의 인격에 조금이라도 남아 있을지 모르는 품위 있는 부분에 호소하려 애쓰는 외할머니의 차분하고 권위 있는 목소리가 들려왔다. 그다음에는 갑자기 모든 것이 조용해졌고, 나중에 우리는 페테르 이모부가 밑 빠진 독을 그대로 바깥에 내던져 버렸다는 걸 알게 됐다. 그들은 지금껏 밑 빠진 독을 자기들 집에 들어오게 허락한 적이 없었다. 우리 동네의 수많은 집에서 일어나는 일과 마찬가지였다. 남자들은 술을 퍼마시거나―대부분이 여기 속했다―아니면 그렇게 술을 퍼마시는 자들을 지독하게 증오하거나 둘 중 하나였다. 의사는 외할머니의 상태가 더 나빠져서 필시 이번 고비는 넘기지 못할 것 같다고 말했고, 그때부터 나는 외할머니를 뵈러 갈 수 없었다. 밤낮으로 그곳에 머물렀던 어머니는 충혈된 눈으로 비관적인 소식을 가지고 돌아왔다. 나는 외할머니가 돌아가신 직후에도 그분을 뵈어도 된다는 허락을 받지 못했지만, 에드빈은 받았다. 에드빈은 외할머니가 살아 계시던 때와 똑같았다고 했다. 그래도 나는 장례식에는 갔다. 일요일의 교회, 어머니와 로살리아 이모 곁에 앉아 있던 나는 일찌감치 설교 때부터 발작적으로 터져 나오는 웃음과 씨름해야 했다. 너무 심하게 웃음이 나는 바람에, 나는 사람들이 내가 남들처럼 울고 있다고 생각하길 바라며 손수건으로 코와 입을 막았다. 다행히 눈물도 뺨을 타고 흘러내리긴 했다. 나는 외할머니의 죽음에 내가 아무것도 느낄 수 없다는 사실에 충격을 받았다. 나는 외할머니를 진심으로 사랑했고, 사람들은 우리가 함께 고른 찬송가들을 불렀다. 그런데 나는 왜 슬퍼할 수가 없을까? 장례식이 끝나고 한참이 지나 내 깃털 이불은 외할머니가 쓰던 이불로 바뀌었다. 그게 우리 어머니가 유일하게 물려받은 물건이었다. 저녁이 되어 그 이불을 끌어올려 덮자 외할머니네 특유의 깨끗한 침구 냄새가 덮쳐 왔고, 나는 그제야 처음으로 울음을 터뜨리고는 무슨 일이 일어났는지 받아들이게 됐다. 오, 할머니, 다시는 제 노래를 듣지 못하시죠. 제 빵에 진짜 버터를 발라 주지도 못하실 테고, 깜빡하고 아직까지 말씀 못해 주신 옛 나날들에 관한 이야기도 이제 들을 수가 없네요. 나는 오랫동안 저녁마다 혼자 울다가 잠들었다. 그 냄새가 깃털 이불에 계속 배어 있어서였다.

14

"쫄딱 망하기 싫으면 그 탈수기 빨랑 갖다 주고 와라."
어머니가 묵직한 기계를 내게 휙 던지며 하는 말이다.
나는 거기에 발가락을 찍히지 않으려고 펄쩍 뛰어올라
야 한다. 어머니는 세탁실에 서서 김이 모락모락 나는
대야 위로 몸을 굽히고 있다. 한 달에 한 번 이날이 찾
아올 때마다 어머니가 반쯤 제정신이 아니라는 건 알
지만, 내 상황도 마찬가지로 끔찍하다. 탈수기를 빌리
는 데 쓰라고 어머니가 내게 준 돈은 10외레인데, 요금
은 한 시간에 15외레다. 이미 지난번부터 5외레가 오
른 것이다. 그래서 나는 나머지 5외레는 다음에 내겠다

고 약속했었다. 그러니 오늘은 20외레를 내야 하는데, 내가 받은 건 여전히 10외레뿐이다. "어머니." 내가 자신 없는 목소리로 말한다. "만약에 대여료가 오르면 저도 어떻게 할 수가 없어요." 어머니가 고개를 들고 얼굴에서 젖은 머리카락을 걷어 낸다. "어서 다녀와." 어머니는 위협하듯 말하고, 나는 김이 모락모락 나는 세탁실을 나서 마당으로 나가서는 마치 도움을 기다리듯 회색빛 하늘을 올려다본다. 늦은 오후의 쓰레기통 근처에는 늘 모이는 아이들이 머리를 맞대고 서 있다. 내가 그 애들 중 한 명이었으면 좋겠다. 내가 루트 같은 애였으면. 루트는 너무 작아서 무리 한가운데 있으면 보이지도 않는다. "안녕, 토베." 나를 버렸다는 자각 같은 건 없는 루트가 유쾌하게 소리친다. "안녕." 그렇게 말하는 순간, 갑자기 희망적인 생각이 떠오른다. 나는 루트 쪽으로 다가가 내 쪽으로 오라고 신호를 보내고는 내 심부름에 관해 설명한다. 그러자 루트는 이렇게 말한다. "내가 같이 갈게. 그거 제대로 배달되게 해 줄 수있어. 그 10외레 나한테 줘. 그것도 없는 것보다는 낫잖아." 루트에게는 모든 것이 간단하고, 어른들의 행동 역시 놀라운 것이 아니다. 물론 우리 어머니에 관해서라면 나 역시 별로 놀랄 일이 없다. 어머니의 예측 불가능한 성격을 내가 받아들였기 때문이다. 순데베스가데로 넘어간 나는 길모퉁이에서 도망칠 준비를 하며 대기하고, 그러는 동안 루트는 사람들을 헤치고 가게로 들어가 카운터 위에 탈수기와 함께 10외레를 던져 놓고는 내게 전속력으로 뛰어온다. 아메리카바이까지 냅다 달린 우리는 숨이 턱에 닿자 멈춰 서고, 오래 전 우리가 뭔가 과감한 일을 멋지게 해냈을 때처럼 웃음을 터뜨린다. "그 망할 년이 내 등 뒤에다 대고 소리 지르더라." 루트가 숨을 헐떡인다. "15외레 내야지! 그렇게 소리는 질렀는데, 배가 너무 뚱뚱해서 기계 사이를 제대로 지나가지를 못하더라고. 아 맙소사, 진짜 웃겼어." 루트의 작고 예쁜 얼굴에 투명한 눈물이 흔적을 남긴다. 나는 행복하고 감사한 기분에 빠져든다. 집에 돌아올 때 루트는 왜 쓰레기통 구석에서 자기들이랑 같이 어울리지 않느냐고 내게 묻는다. "걔들 정말 재밌어. 큰 여자애들 말이야." 루트가 말한다. "진짜 잘 노는 애들이야." 루트가 거기 껴도 되는 나이라면 틀림없이 나 역시 그럴 것이다. 우리가 집 마당에 도착했을 때 쓰레기통 구석에는 미나와 그레테만 남아 있다. 루트가 미나에게서 무엇을 보는 건지는 모르겠다. 그레테는 앞쪽 건물에 산다. 그 애의 어머니는 이혼을 했고 우리 이모와 마찬가지로 재봉사다. 솔직히 7학년인 그 애를 잘 안다고는 말할 수 없다. 그레테가 입고 있는 니트 블라우스 앞쪽으로는 두 개의 작은 덩어리가 불룩하게 솟아 있는데, 그건 너무나 슬프게도 내게는 없는 것이다. 그레테가 웃을 때면 비뚤어진 입모양이 그대로 드러난다. 마당 구석은 거의 어두워졌고, 쓰레기통들에서는 끔찍한 악취가 난다. 큰 여자애 둘은 쓰레기통 위에 앉아 있고, 미나는 루트가 옆자리에 앉도록 흔쾌히 자리를 만들어 준다. 그렇게 해서 나는 무슨 이정표처럼 혼자 똑바로 서 있게 되지만, 아무런 할 말도 떠오르지 않는다. 나는 이 '지위 상승'을 오랫동안 기다려 왔었는데, 정작 이제는 뭐 별 게 있는지도 잘 모르겠다. "게르다가 곧 아기를 낳을 거래." 양 발뒤꿈치로 쓰레기통을 차며 그레테가 말한다. "걔는 귀염둥이 루드비처럼 지능 발달이 늦을 거야." 미나가 기대에 찬 목소리로 말한다. "그게 술을 진탕 마시다 임신이 된 애들한테 일어나는 일이니까." "퍽이나 그렇겠다." 루트가 말한다. "그럼 우리 대부분이 지능 발달이 늦을 걸." 그 애들은 언제나 그런 식으로 말을 하고, 누구에 대해서든 뭔가 못되고 추잡한 말들을 쌓아 간다. 나는 내가 거기 없을 때 그 애들이 나에 대해서도 똑같은 식으로 말을 할지 궁금해한다. 아이들은 키득키득 웃으며 술과 섹스와 몇몇 비밀, 즉 입에 담을 수 없는 불륜 관계들에 관해 이야기한다. 그레테와 미나는 견진 성사를 받고 나면 한 시간 안에 처녀성을 버릴 거지만, 열여덟 살이 되기 전에는 아이들을 갖지 않도록 조심할 거라고 한다. 그건 모두 전에 루트에게서 들었던 이야기고, 이제 쓰레기통 근처에서의 대화는 견딜 수 없을 만큼 재미없고 지루하게 들린다. 그 말들은 나를 짓누른다. 나를 이 마당과 이 거리와 저 높은 건물들로부터 멀리 떠나고 싶어하게 만든다. 하지만 다른 거리, 다른 마당, 다른 건물들과 사람들이 이 세상에 있기나 할까. 잘 모르겠다. 아직까지는 감자 1.3킬로그램을 사러 식료품 가게에 갈 때마다 겨우 베스테르브로가데까지만 나가 봤을 뿐이다. 내게 늘 사탕을 하나씩 주던 그 식료품 가게 주인은 나중에 '드릴범 X'로 밝혀졌다. 그는 낮 동안에는 조용히 자신의 작은 가게를 보다가 밤이 되면 경찰의 눈을 속이고 시내에 있는 여러 우체국에 몰래 잠입했다. 그를 잡는 데는 몇 년이나 걸렸다. 내가 이렇게 혼자만의 생각에 빠져 있을 때, 갑자기 루트가 이렇게 말한다. "토베는 남자 친구 있다!" 큰 여자애 둘이 마구 웃기 시작한다. "되지도 않는 소리 하시네." 미나가 말한다. "쟤는 그러기엔 너무 경건하잖아!" "거짓말이면 내가 사람이 아니라니까." 루트는 내게 얼굴 가득 아무런 악의도 없는 미소를 지어 보이며 계속 그렇게 주장한다. "그게 누군지도 알아. 곱슬머리 샤를레스!" "아, 하 하!" 애들은 배를 잡고 웃고, 가장 크게 웃는 사람은 나다. 루트는 그냥 우리를 즐겁게 해 줄 생각이었고, 그래서 나는 웃기는 하지만, 그 이야기에는 아무런 재미도 없다. 구부정한 허리를 하고 몸이 무거워 보이는 게르다가 마당을 가로질러 가자 웃음이 멈춘다. 게르다의 한 손에 들려 있는 그물 가방 안에 든 맥주병들이 서로 짤그랑짤그랑 부딪친다. 짧은 머리는 예전보다 색이 짙어졌고 얼굴에는 갈색 기미가 끼어 있다. 나는 얼른 속으로 빈다. 게르다가 정상적인 두뇌를 지닌 작고 예쁜 아기를 낳기를. 게르다를 위해서라면, 길고 숱 많은 금발머리를 등 뒤로 땋아 내린 여자아이였으면 좋겠다. 어쩌면 게르다는 '양철 코'와 사랑에 빠져 있었는지도 모른다. 여자의 마음속은 아무도 들여다볼 수 없는 법이니까. 낮 동안에는 아무리 노래 부르고 웃더라도, 게르다는 밤이 되면 매일 울다 잠들지도 모른다. 언젠가 게르다는 쓰레기통 옆에 서서 자기가 열네 살이 되면 무슨 일이 생길지 소리쳐 말했었다. 나는 그런 관습을 따르고 싶지는 않다. 내가 사랑하는 남자를 만나기 전에 그러고 싶지는 않다. 하지만 어떤 남자도, 남자아이도 아직 내 쪽을 쳐다본 적이 없다. 나는 '주급을 받자마자 집에 바로 들어오고 술은 안 마시는 착실한 숙련공'을 남편으로 갖고 싶지는 않다. 차라리 노처녀가 되는 게 나을 것 같은

데, 우리 부모님 역시 서서히 체념하고 그 사실을 받아들이고 있는 듯하다. 아버지는 언제나 내가 학교를 마치면 '연금이 나오는 안정적인 일자리'를 잡아야 한다고 이야기하지만, 그건 내게는 숙련공만큼이나 끔찍하게 느껴지는 일이다. 미래에 대해 생각할 때마다 나는 어느 방향으로 가든 벽에 부딪히는 듯한 기분이 든다. 내가 이토록 절실하게 어린 시절을 연장하고 싶어 하는 건 바로 그 때문이다. 거기서 빠져나갈 길이 조금도 보이지 않는 것이다. 어머니가 창문가에서 내려다보며 나를 부르자 나는 그 대단한 쓰레기통 자리를 떠나 안도감을 느끼며 집으로 올라간다. "그래." 무척이나 상냥한 목소리로 어머니가 말한다. "탈수기는 잘 가져다 줬니?" "네." 나는 말하고, 어머니는 자기가 지시한 어려운 업무를 내가 성공적으로 수행했다는 듯 나를 보고 미소 짓는다.

15

마티아센 선생님이 내게 집에 가서 고등학교에 가도 된
다는 허락을 받아 오라고 했다. 내가 시험에서 30년 전
쟁이 얼마나 오랫동안 지속됐는지 대답하지 못했는데
도 말이다. 나는 그런 종류의 농담을 이해하는 법은 영
원히 배우지 못할 것 같다. 마티아센 선생님은 내가 똑
똑하다고, 공부를 계속해야 한다고 한다. 나 역시 그러
고 싶지만, 우리 집에 그럴 만한 여유가 없다는 것도 안
다. 어쨌든 나는 별 희망은 가지지 않고 아버지에게 물
어보기는 하는데, 아버지는 묘하게 동요한다. 그는 못
생긴 데다가 거만하기까지 한, 공부에 목을 매는 여자

들과 대학 나온 여자들에 관해 경멸하듯 이야기한다. 한번은 아버지가 플로렌스 나이팅게일에 관한 내 작문 숙제를 도와주려 한 적이 있었는데, 나이팅게일에 관해 아버지가 할 수 있는 말이라고는 그 여자가 발이 컸고 입냄새가 심했다는 것뿐이었다. 그래서 나는 대신 몰레루프 양에게 조언을 구했다. 하지만 다른 때에 아버지는 내 작문 숙제의 많은 부분을 책임졌고, 마티아센 선생님으로부터 좋은 점수도 받아 냈다. 실패는 없었다. 아버지가 미국에 관한 에세이를 쓰면서 이렇게 글을 끝맺기 전까지는 말이다. '미국은 자유의 땅이라고 불려 왔다. 예전에 그것은 자기 자신이 될 자유, 일할 자유, 그리고 땅을 소유할 자유를 의미했다. 이제 그것은 사실상 음식을 살 돈이 없으면 굶어 죽을 자유를 의미한다.' "도대체 이 말도 안 되는 소리는 무슨 뜻이니?" 우리 담임 선생님이 말했다. 나는 설명할 수 없었고, 아버지와 나의 노력은 겨우 'B'를 받는 데 그쳤다. 아니, 어차피 나는 공부를 계속할 수 없다. 그러니 이제 내가 아이로 남아 있을 수 있는 시간은 아주 잠깐뿐이다. 나는 학교를 끝내고, 견진 성사를 받고, 일감이 넘쳐 나는 집을 찾아가서 일자리를 얻어야 한다. 미래는 조만간 내 위로 무너져 내릴 것이다. 그것은 나를 깔아 뭉갤 무시무시하고 강력하고 거대한 조각상이다. 넝마

가 된 어린 시절이 내 곁에서 펄럭이고, 내가 하나의 구
멍을 메우자마자 또 어딘가에 다른 구멍이 생긴다. 그
러는 동안 나는 점점 연약해지고 더 민감해진다. 나는
다시 어머니에게 말해 보지만, 어머니는 고소하다는 듯
대답한다. "그래, 그래, 그냥 밖으로 나가서 낯선 사람
들을 상대해 볼 때까지만 기다려 봐라……." 우리 부모
님에게 크나큰 슬픔을 안겨 주는 건 에드빈인데, 나는
에드빈이 부모님과 심하게 충돌한 뒤로 그와 무척 가
까워졌다. 나는 에드빈한테는 아무런 깊은 감정도, 반
대로 그 어떤 고통스러운 감정도 느끼지 않는다. 그래
서 그는 말하고 싶은 건 무엇이든 내게 두려움 없이 털
어놓을 수 있다. 하지만 아버지는 어렸을 때 무척 재주
가 많았던 에드빈이 뭔가 대단한 사람이 될 거라고 언
제나 믿어 왔다. 에드빈은 노래를 잘했고, 기타도 칠 줄
알았고, 학교 연극에서는 언제나 왕자님 역만 했다. 학
교와 우리 건물 마당을 서성이던 모든 여자아이가 그
에게 빠져들었다. 내가 그와 같은 학교를 다닐 때는 선
생님들이 언제나 놀란 표정으로 내게 묻곤 했다. "네가
그 똑똑하고 잘생긴 오빠를 둔 아이니?" 에드빈이 노동
계급 덴마크 소년단의 일원이며 몸과 마음을 다 바쳐
그 모임에 열중하고 있다는 점 역시 우리 아버지를 기
쁘게 했다. 손에 삽 한 번 쥐어 본 적 없는 정부 각료들

을 존경하지 않는다고 늘 말해 왔던 아버지가 에드빈에게 기대했던 미래가 어떤 모습이었는지는 아무도 모를 테지만, 그게 뭐였건 간에 그 모든 꿈들은 박살이 났다. 에드빈은 그저 직공이 되기만을, 그래서 이번에는 자기가 불쌍한 견습공들을 괴롭힐 수 있는 좋은 날이 오기만을 기다리고 있다. 그는 또 열여덟 살이 되는 날도 기다리고 있는데, 그때가 되면 집을 떠나 방을 빌려서 자기만의 삶을 평화롭게 누릴 수 있을 것이기 때문이다. 그는 여자들이 찾아올 수 있는 공간에 살고 싶어 한다. 어머니는 그 문제에 있어서는 전적으로 완고한 사람이다. 어머니 눈에 젊은 여자들이란 하나같이 적의 첩자들이나 다름없다. 남의 집 부모가 허리띠 졸라매고 저축한 돈으로 교육시켜 놓은 숙련공들과 결혼해 부양받을 생각만 하며 싸돌아다니는 것들. "그리고 이제 얘가 돈을 벌 때가 되니까." 어머니가 쓸쓸해하며 아버지에게 말한다. "그러니까 우리한테 받은 걸 좀 돌려줄 수 있는 때가 되니까 집에서 도망쳐 버리네. 그럴 줄 알았지만. 걔 머리에다 그딴 생각을 집어넣은 건 어떤 여자애겠지." 내가 잠든 것 같을 때면 어머니는 그런 말들을 한다. 나는 에드빈을 전적으로 이해한다. 이 집은 사람이 살 만한 곳이 못 되니까 열여덟 살이 되면 나 역시 집을 나갈 것이다. 하지만 나는 아버지가 실망한 부분도 이해한다. 얼마 전에 에드빈은 아버지와 싸우다가 스타우닝이 주정뱅이인 데다 불륜 상대도 여럿 있다는 말을 했다. 분노로 얼굴이 시뻘게진 아버지가 너무나 세게 따귀를 후려갈기는 바람에 에드빈은 마룻바닥 위로 쓰러졌다. 나는 그때껏 아버지가 에드빈을 때리는 걸 본 적이 없었고, 나 역시 아버지에게 맞아 본 적이 없었다. 어느 날 저녁 침대에 누운 부모님은 그날의 문제에 관해 이야기했고, 그때 아버지는 에드빈이 여자 친구를 집에 데려오는 걸 허락해야 한다고 말했다. "걔 여자 친구 없어. 꾸준하게 만나는 애는 한 명도 없는 걸." 어머니가 퉁명스럽게 답했다. "아니, 있어." 아버지가 말했다. "안 그러면 매일 저녁 나갈 이유가 없지. 이런 식으로 걔를 집에서 내쫓고 있는 건 당신이야." 언제나 그렇듯 아버지가 드물게 무언가를 고집할 때면 어머니는 들어줄 수밖에 없고, 그렇게 해서 에드빈은 다음 날 저녁에 솔바이그를 초대해서 같이 커피를 마시자는 말을 듣는다. 나는 솔바이그에 대해 제법 알고 있긴 하지만 직접 만나 본 적은 없다. 내가 아는 것은 오빠와 그가 서로를 사랑하고, 오빠가 직공이 되면 그들은 결혼할 것이고, 오빠는 이미 솔바이그의 집에 찾아가고 있고, 그 집 부모님에게서 무척 예쁨을 받고 있다는 사실이다. 오빠는 솔바이그를 인민의 집 댄스파티에서 만

났다. 엔헤우바이에 사는 솔바이그는 오빠와 마찬가지로 열일곱 살이다. 자전거 수리업을 하는 그의 부모님은 베스테르브로가데에 작업장을 갖고 있다. 솔바이그 자신은 숙련 미용사로 돈도 많이 번다.

그날 저녁이 닥쳐오자 우리는 모두 어머니의 움직임을 걱정스럽게 지켜보았다. 나는 어머니가 우리 집에 하나뿐인 흰색 식탁보를 식탁에 까는 걸 도왔고, 에드빈은 어머니와 눈을 맞추며 미소를 지으려고 헛된 노력을 했다. 에드빈은 견진 성사 때 입었던, 소매도 바짓단도 이제는 너무 짧아진 정장을 입었다. 아버지는 일요일에 입는 나들이옷을 입고 소파 가장자리에 앉아 마치 자기가 손님이기라도 한 것처럼 넥타이 매듭을 초조하게 만지작거렸다. 나는 슈크림이 담긴 커다란 접시를 받아들고 식탁보 한가운데 올려놓았다. 그러자 현관 초인종이 울렸고, 오빠는 문을 열려고 뛰어나가다가 자기 발에 걸려 하마터면 넘어질 뻔했다. 바깥 복도에서 쾌활한 웃음소리가 들려오자 어머니는 입술을 앙다물고 뜨개질감을 움켜쥐더니 맹렬하게 손을 움직이기 시작했다. "어서 와요." 어머니는 짧게 말하고는 솔바이그를 올려다보지 않은 채 손을 내밀었다. "앉아요." 어머니가 "지옥에나 가라"고 말했어도 이상하지 않았을 텐데, 솔바이그는 그 긴장 가득한 분위기를 눈치 챈 것 같지는 않았다. 솔바이그는 미소 지으며 자리에 앉았고, 나는 그가 상당히 예쁘다고 생각했다. 금발머리는 화관 모양으로 머리를 감쌌고, 옴폭하니 보조개가 파인 뺨은 분홍빛이었으며, 짙은 푸른색의 눈동자는 언제나 웃음 속에서 살아 온 듯한 느낌을 안겨 주었다. 우리 가족이 얼마나 말이 없는지 눈치 채지 못한 그는 마치 명령을 내리는 데 익숙한 사람처럼 쾌활하고 자신감 넘치는 태도로 이야기를 했다. 자신의 일에 대해, 자기 부모님에 대해, 그리고 이렇게 에드빈의 집에 찾아올 수 있어서 얼마나 기쁜지에 대해. 점점 못마땅해 보이던 어머니는 마치 품삯이라도 받은 일인 양 맹렬히 뜨개질을 했다. 그러다가 솔바이그도 마침내 알아차리게 되었다. 이렇게 말하는 바람에 말이다. "정말 너무 신기해요! 에드빈과 제가 결혼할 테니, 어머니는 제 시어머니가 되시는 거잖아요. 그렇죠?" 솔바이그는 이 말을 하며 실컷 웃었지만 웃는 건 그 혼자였다. 어머니는 갑자기 울음을 터뜨려 버렸다. 우리 가운데 누구도 거의 고통스러울 정도로 당황스러운 그 순간을 벗어날 방법을 알지 못했다. 어머니는 뜨개질을 계속하면서 울었고, 그 눈물 속에는 마음을 움직이거나 뒤흔드는 그 뭔가가 전혀 없었다. "알프리다!" 아버지가 꾸짖듯 말했는데, 아버지가 어머니의 이름을 부른 건 그때가 처음이었다. 나는 절망에 빠진 채 커피포트를 움켜쥐었다. "한 잔 더 드시지 않을래요?" 나는 솔바이그에게 묻고는 대답을 기다리지 않고 한 잔을 가득 부어 주었다. 어쩌면 솔바이그는 이 가족이 이런 상황을 매일같이 겪고 있다고 생각할지도 몰랐다. "고마워요." 솔바이그는 내게 미소 지었고, 잠깐 동안 아무도 아무 말도 하지 않았다. 오빠는 어두운 표정으로 식탁보를 내려다보았다. 솔바이그는 몹시 중요한 일이라는 듯 자기 커피에 크림과 설탕을 넣었다. 사납게 내리뜬 어머니의 두 눈에서는 눈물이 빗줄기처럼 흘러내렸다. 그때 갑자기 에드빈이 의자를 뷔페식 테이블에 쾅 부딪힐 정도로 뒤로 밀어냈다. "가자, 솔바이그." 그가 말했다. "우리 갈게요. 이렇게 다 망쳐 놓을 줄 알았다니까. 좀 그만 짜세요, 어머니. 어머니가 좋아하든 말든 전 솔바이그랑 결혼할 거니까요. 안녕히 계세요." 그는 솔바이그의 손을 잡더니 작별 인사를 건넬 틈도 없이 서둘러 현관으로 나가 버렸다. 그들 뒤로 문이 쾅 닫혔다. 어머니는 그제야 안경을 벗고 눈물을 닦았다. "저것 봐, 보라니까." 어머니가 나무라듯 아버지에게 말했다. "견습공을 하겠다고 그렇게 고집하더니 결국 뭐가 됐냐고? 저 여자애는 저런 노다지를 절대 놔 주지 않을 거야!" 아버지는 지친 표정으로 소파에 도로 앉더니 넥타이를 늦추고 셔츠 윗단추를 풀었다. "그게 아니야." 그는 화난 기색 없이 말했다. "당신이 이렇게 애들을 몰아붙여서 도망치게 만든 거지."

에드빈은 다시는 집에 여자 친구를 데려오지 않았다. 나중에 우리 가족이 그의 아내를 처음 보았던 때는 그의 결혼식이 끝난 직후였다. 그리고 그 여자는 솔바이그가 아니었다.

16

내 어린 시절의 마지막 봄은 춥고 바람이 세게 분다. 먼지 같은 맛이 나고, 고통스러운 출발과 변화의 냄새가 난다. 학교에서는 모두가 시험과 견진 성사를 준비하는 데 몰두하고 있지만, 나는 거기서 아무런 의미도 찾지 못한다. 낯선 사람을 위해 집을 청소하거나 설거지를 하는 데 중학교 졸업장은 필요 없고, 견진 성사는 밝고 안전하고 행복해 보이는 내 어린 시절 위에 세워질 묘비일 뿐이다. 이 시기의 모든 순간이 내게 깊고 지울 수 없는 인상을 남긴다. 사소한 말 한마디조차 평생 기억하게 될 것처럼. 견진 성사 때 신을 구두를 사러 나와 함께 외출한 어머니는 점원이 듣는 데서 이렇게 말한다. "그래, 이게 우리가 너한테 사 주는 마지막 구두겠네." 그 말과 함께 미래에 대한 무시무시한 전망이 펼쳐진다. 나는 내가 어떻게 스스로 먹고 살아야 할지 모르겠다. 양단을 씌운 구두는 9크로네이고 높은 굽이 달려 있다. 내가 이걸 신고 걷기만 하면 발목을 삐기 때문에, 그리고—어머니의 의견으로는—번화가의 빌딩만큼이나 키가 커지기 때문에, 아버지가 도끼로 구두의 양쪽 뒷굽을 조금씩 잘라 낸다. 그러고 나자 발가락 부분이 위로 들려 올라가지만, 어머니는 어쨌거나 그날만 신으면 되는 거 아니냐며 나를 위로한다. 에드빈은 열여덟 살이 되던 생일날 바게르스트레데에 있는 방으로 이사를 나갔고, 이제 나는 거실 소파 위에 마련된 잠자리에서 잠을 잔다. 나는 이 변화 역시 내 어린 시절이 끝났음을 알리는 불행한 신호 가운데 하나라는 걸 깨닫는다. 거실 창턱에는 제라늄이 가득 놓여 있어서 앉을 수도 없고, 밖으로 내다보이는 풍경 속에는 오직 녹색 집시 왜건과 커다랗고 둥근 램프가 달린 주유 펌프뿐이다. 언젠가 내가 그 램프를 보고 "어머니, 달이 떨어져 내렸어요." 라고 소리쳤다는데, 나 자신은 그런 기억이 없다. 어른들은 대개 우리에 대해 우리 자신의 기억들과는 완전히 다른 기억들을 지니고 있다. 그 사실을 나는 오래 전부터 알고 있었다. 에드빈의 기억 역시 내 것과는 달라서, 우리가 함께 겪었다고 생각되는 이런저런 일들을 기억하느냐고 내가 물을 때마다 그는 기억나지 않는다고 대답한다. 오빠와 나는 서로를 좋아하지만 서로 제대로 이야기할 줄은 모른다. 내가 그의 방에 찾아가면 집주인 여자가 문을 열어 준다. 코 밑에 까만 솜털이 난 그 여자는 우리 어머니와 똑같은 의심으로 괴로워하고 있는 듯하다. "여동생이라." 여자가 말한다. "그거 재미있네. 나는 이 사람만큼 여동생이며 사촌들이 많은 하숙인은 받아 본 적이 없거든." 이제 에드빈에게는 자기 혼자만 쓸 수 있는 방 하나가 통째로 생겼는데도 그의 상황은 좋지 못하다. 그는 담배를 피우고 맥주를 마시고 저녁이면 종종 토르발이라는 친구와 함께 춤을 추러 외출한다. 견습 생활을 함께한 그들은 언젠가 자기들만의 작업장을 내고 싶어 한다. 나는 토르발을 한 번도 만나 본 적이 없는데, 그건 오빠나 나나 성별을 불문하고 아무도 집에 데려와서는 안되기 때문이다. 솔바이그가 떠난 뒤로 에드빈은 불행하다. 어느 날 솔바이그는 에드빈의 하숙집 방에, 그러니까 마침내 그들 두 사람만 있을 수 있게 된 공간에 찾아와서는 결국 그와 결혼하고 싶지 않다고 했다. 에드빈은 어머니를 탓하지만 나는 솔바이그에게 다른 사람이 생겼을 거라고 생각한다. 진정한 사랑은 반대에 부딪히면 더욱 강해지는 법이라고 어딘가에서 읽었지만, 나는 그 이야기는 꺼내지 않는다. 아마도 에드빈으로서는 어머니가 솔바이그를 겁먹게 해서 쫓아 버린 거라고 생각하는 쪽이 더 나을 테니까. 에드빈의 방은 아주 작고, 가구들은 쓰레기장에 버려질 준비가 된 것처럼 보인다. 우리가 꺼내는 말 사이의 침묵이 점점 길어지기 때문에 나는 거기 오래 머무르는 법이 없고, 내가 돌아갈 때가 되면 에드빈 역시 해방감을 느끼는 것처럼 보인다. 내가 막 찾아왔을 때 행복해 보였던 만큼 말이다. 나는 집에서 있었던 사소한 일들을 이야기한다. 예를 들면, 나는 늘 그랬듯 에드빈에게서 물려받은 가죽 부츠를 신고 다니는데, 어느 날 아버지가 그 신발이 더 오래 가라고 부츠 밑창에 니스칠을 하고 발가락 부분도 몇 번 두들겼다. 그렇게 부츠의 코는 위로 들려올라갔고, 갈색 가죽은 니스를 칠한 아랫부분만 완전히 검게 변했다. 하루는 어머니가 내게 천 조각 몇 개를 던져 주며 이렇게 말했다. "그걸로 네 부츠를 문질러 닦은 다음에 난로 속에 던져 버리렴." "제 부츠를요?" 내가 기뻐하며 묻자, 어머니는 한참이나 소리 내 웃으며 말했다. "아니, 이 바보야, 천 조각들 말이야!" 이런 일들은 에드빈 역시 웃게 만든다. 내가 그에게 부츠 이야기를 하는 건 그가 더 이상 우리 일상에 속해 있지 않기 때문이다. 어떤 것도 예전 같지 않다. 오직 이스테드가데만이 그대로이고, 이제 나는 저녁에도 거기 가볼 수 있다. 나는 루트와 미나와 같이 그곳에 가지만, 루트는 미나와 나 사이에 미움 비슷한 무언가가 흐른다는 것을 알아차리지 못하는 듯하다. 가끔 우리는 삭소가데로 건너가 올가를 찾아간다. 미나의 큰언니인 올가는 경찰과 결혼하고 원하는 모든 것을 갖게 되었다. 나는 올가가 돌보는 아기를 안아 봐도 된다는 허락을 받는다. 아기를 안는 느낌은 믿을 수 없을 만큼 근사하다. 미나 역시 유니폼을 입는 남자와 결혼하고 싶어 하는데, 그 애 말로는 '그런 남자들이 너무도 잘생겨서'라고 한다. 그런 다음 그들은 헤데뷔가데 근처에 살 예정이다. 결혼을 하면 모두들 그렇게 하기 때문이다. 루트는 찬성하듯 고개를 끄덕이고는 자신에게도 찾아올 똑같은 모양의 운명을 맞을 준비를 한다. 그 둘 모두에게 그 운명은 바람직한 것처럼 보인다. 나는 마치 나 역시 그런 미래를 기대하고 있다는 듯, 나도 동의한다는 듯 미소 지으면서 언제나처럼 들킬까 봐 두려워한다. 이 세상 속의 나는 이방인 같다. 미래를 생각할 때마다 내 안을 가득 채우고 짓누르는 문제들을 털어놓을 수 있는 사람이 아무도 없다.

게르다는 아주 귀여운 작은 남자아이를 낳았고, 부모님이 일하러 간 동안 아기를 데리고 거리를 자랑스럽게 이리저리 산책한다. 누구든 아이를 낳으려면 일단 열여덟 살은 되어야 하지만, 게르다는 아직 열일곱 살밖에 안 됐다. 그러니 게르다는 자기 상황이 엉망진창이 됐음을 인정하고 이 동네 사람들이 던져 주는 동정을 공손히 받아야 하는데, 그의 태도나 행동은 전혀 그렇지 않기 때문에 미움을 받는다. 게르다는 올가의 어머니가 모아 온 아기 옷이 가득 담긴 바구니를 받으려 하지 않았고, 다들 거기에 대해 화를 낸다. 쟤 또 저런다고, 꼭 저런 식으로, 그럴 만한 나이가 지났는데도 부모님이 자기를 먹여 살리게 놔둔다고 말이다. "그게 너였으면." 우리 어머니가 말한다. "너는 오래 전에 쫓겨났을 거다." 아, 나는 얼마나 내 작은 아기를 팔에 안아 보고 싶은지! 나는 그 아기를 먹여 살릴 것이다. 어떻게든 모든 방법을 다 찾아 낼 것이다. 내가 거기까지 갈 수만 있다면 말이다. 밤에 잠자리에 든 나는 매력적이고 친절한 청년을 만나 정중한 말투로 내 크나큰 부탁 하나를 들어 달라고 청하는 상상을 한다. 나는 아이가 너무 갖고 싶다고 털어놓고, 아이를 가질 수 있게 해 달라고 그에게 부탁한다. 그가 동의하고, 나는 이를 악물고 눈을 감고는, 지금 이 일이 다른 사람, 나와는 아무

상관없는 어떤 사람에게 일어나는 일인 척한다. 그러고 나면 나는 그 남자를 다시는 보고 싶지 않아진다. 하지만 그런 청년은 우리 건물 마당에도, 우리가 사는 거리에도 없고, 나는 뷔페식 테이블 서랍 밑바닥에 옮겨 둔 내 시 노트에 이렇게 쓴다.

> 작은 나비가 날아갔네
> 높이, 푸른빛 도는 하늘로
> 모든 상식과 도덕
> 또 의무를 거슬러
>
> 봄날의 매혹에 취해
>
> 떨리는 두 날개를 펼친
> 그것은 아름다운 세상까지 이어진
> 황금빛 햇살에게서 태어났지
>
> 그리고 막 활짝 벌어진
> 연분홍 사과꽃잎 속으로,
> 작은 나비는 날아가
> 사랑스런 신부를 찾아냈지
>
> 이제 사과꽃잎이 닫히고
> 거친 비행도 끝이 났네

아, 고마워, 작은 친구들아. 너희들이 내게
기쁘게 사랑하는 법을 가르쳐 주었어

17

외할머니가 무덤에 들어가자마자 아버지는 우리를 국
교회 바깥으로 데리고 나갔다. 이것은 우리 어머니의
표현을 빌린 것이다. 외할머니에겐 무덤이 없다. 외할
머니의 재는 비스페비에르그 화장터의 유골 단지 속에
있고, 나는 그 멍청한 항아리를 바라보며 서 있어도 아
무것도 느끼지 못한다. 하지만 어머니가 내가 그러기
를 바라기 때문에 나는 종종 그곳에 간다. 우리가 거기
갈 때마다 어머니는 변함없이 울음을 터뜨린다. "넌 왜
안 우니? 장례식에서는 울었잖아." 어머니가 내게 이렇
게 말할 때면 나는 양심의 가책을 느낀다. 이제 에드빈

도 떠났으니, 나는 학교에 있거나 거리에 나가 있지 않을 때면 항상 어머니와 함께 있다. 어머니와 함께 인민의 집에 춤추러 간 적도 있지만, 어머니보다 머리 하나는 더 큰 내가 상대적으로 아주 커다랗고 꼴사납게 느껴져서 우리가 같이 춤추는 건 재미가 없었다. 어머니가 어떤 신사와 춤추는 동안 한 청년이 내게로 와서 춤을 청했는데, 그건 그때껏 일어난 적 없는 일이었다. 댄스 스텝이라고는 어머니가 기분 좋을 때 우리 집 거실에서 가르쳐 준 것 말고는 아무것도 모르던 내가 막 거절하려던 순간, 그 청년은 벌써 한쪽 팔로 내 허리를 감싸고 있었고, 제법 괜찮게 춤을 췄고, 나 역시 그랬다. 그는 아무 말도 하지 않았고, 나는 그저 무슨 말이라도 하려고 그에게 무슨 일을 하느냐고 물었다. "급송부에 있습니다." 남자가 짧게 말했다. 그게 '급성'인 뭔가를 고치는 일과 관계있다고 생각한 나는 그가 의사라고 결론 내렸다. 그건 확실히 착실한 숙련공과는 다른 느낌이었다. 어쩌면 그는 저녁 내내 나와 춤을 추고 싶어 할지도 모르고, 어쩌면 이미 조금은 나와의 사랑에 빠져들고 있는지도 몰랐다. 심장이 빠르게 뛰기 시작했고, 나는 아주 살짝 그에게 몸을 기댔다. "밤이에요, 이제 도둑들이 일할 시간이죠." 그는 음악에 맞춰 내 귓가에 노래했다. 그런데 그때 갑자기 음악이 멈췄다. 그는 나를 어머니 곁에 데려다주고는 뻣뻣하게 인사를 했고, 자리를 떠나더니 다시는 돌아오지 않았다. "잘생긴 청년이었는데." 어머니가 말했다. "다시 와 주기만 하면 좋겠다." "그 사람 의사예요." 나는 으스대면서 그가 급송부에 있다고 어머니에게 말했다. "아, 진짜 못 살겠네." 어머니가 웃었다. "그건 배달부를 말하는 거야!"

우리 가족은 국교회 소속이 아니기 때문에 나는 민간 견진 성사를 받게 될 것이다. 이 차이는 목사님을 찾아가는 우리 반의 다른 모든 여자아이들과 나를 갈라놓지만, 애초에 나는 그 애들처럼 되는 일을 포기했기 때문에 크게 문제가 되지는 않는다. 그 애들은 빅토르 코르넬리우스[19]가 라디오 프로그램 「토요일의 춤」에 나와서 연주를 하는 토요일이면 번갈아 가며 서로를 초대한다. 그때는 남자아이들도 초대받는다. 우리 반 아이들 대다수는 이미 꾸준히 사귀는 상대가 있다. 우리 집에는 라디오가 없고, 헤드폰을 쓰고 오빠가 학교에서 만들어 온 광석 수신기[20]의 지직거리는 소리를 듣

---

19 1897~1961. 작곡가이자 피아니스트, 가수 등 다방면으로 활동한 덴마크의 음악가

20 진공관 대신에 광속 검파기를 사용하는 간단한 전파 수신기로, 현대 라디오의 전신에 해당한다.

는 일은 이제 아무런 재미도 없다. 그리고 설령 라디오
가 있더라도 우리 부모님은 나를 위해 「토요일의 춤」을
틀어 주지는 않을 것이다. 나는 여전히 여러 시험을 보
고 있지만 이제 점수가 좋을지 나쁠지는 신경 쓰지 않
는다. 아마도 고등학교에 갈 수 없다는 사실에 결국 마
음이 상한 모양이다. 우리 반 여자애 중에서는 딱 한 명
만 진학을 허락받는다. 그 애의 이름은 잉에르 뇌르고
르다. 꼭 나만큼이나 키가 크고 빼빼 마른 잉에르는 공
부 말고는 아무것도 하지 않고, 모든 과목에서 A를 받
는다. 다른 아이들은 그 애가 노처녀가 될 거라고, 그래
서 학교 공부를 계속하려는 거라고 한다. 학교의 다른
아이들하고도 마찬가지지만, 나는 그 애와도 이야기다
운 이야기를 해 본 적은 없다. 내 모든 것을 혼자만의
비밀로 삼아야 하는 나는 가끔씩 금방이라도 숨이 막
힐 것 같다. 저녁이 되면 루트와 미나와 함께 이스테드
가데에 놀러 가는 일도 그만두었다. 그 애들의 대화는
갈수록 낄낄거리며 내뱉는 남 이야기 아니면 상스럽고
음탕한 이야기들로만 꾸려지고, 그런 이야기들을 매번
섬세하고도 리드미컬한 시의 언어로, 점점 더 민감해져
가는 내 마음의 말들로 탈바꿈시킬 수는 없다. 나는 어
머니에게는 아주 사소한 것들, 우리가 먹는 음식이나
아래층에 사는 사람들에 대해서만 이야기한다. 아버지

는 에드빈이 이사를 나간 뒤로 말수가 많이 줄었다. 아버지에게 나는 그저 '첫 단추를 잘 꿰어야 한다'는 표현에서 그가 떠올릴 수 있는 모든 끔찍한 사건들을 겪고 실행하게 될 그 누군가일 뿐이다. 어느 날 내가 오빠를 찾아갔을 때, 오빠는 놀랍게도 자기 친구 토르발이 나를 만나고 싶어 한다고 말한다. 그가 토르발에게 내가 시를 쓴다고 말한 것이다. 그는 토르발이 내 시들을 읽어도 되냐고 묻는다. 나는 겁에 질려 안 된다고 대답하지만, 그때 그가 말한다. 토르발이 「소시알 데모크라텐」지에 있는 편집자를 아는데, 만약 내 시들이 괜찮으면 그 편집자가 신문에 실어 줄지도 모른다고 말이다. 도료 작업할 때 쓰는 셀룰로오스 래커를 견뎌 내지 못한 오빠는 발작적으로 기침을 하는 사이사이에 이야기를 이어 간다. 마침내 나는 항복하고, 토르발이 내 시를 볼 수 있도록 다음날 저녁에 내 시 노트를 가지고 건너가겠다고 약속한다. 토르발은 오빠와 마찬가지로 숙련 도장공이고, 열여덟 살이고, 결혼을 약속한 사람은 없다. 내가 맨 마지막 사항을 확인해 보는 건, 벌써부터 꿈을 꾸기 시작해서다. 그는 거의 아무 말 없이도 내 모든 것을 이해해 줄 친절한 청년일지도 모른다.

다음날 저녁, 나는 시 노트가 담긴 책가방을 메고 바게르스트레데로 건너가면서 길에서 마주치는 사람들을 결연한 눈으로 바라본다. 나는 곧 유명해질 테고, 그때 그들은 막 유명해져 가던 나와 길에서 마주쳤던 걸 자랑스러워할 것이기 때문이다. 그러면서도 나는 끔찍하게 겁이 난다. 에드빈이 오래 전에 그랬듯 토르발도 내 시를 비웃을 것 같아서다. 나는 그가 가느다란 검은 콧수염이 있는 것만 빼면 꼭 오빠처럼 생겼을 거라고 상상한다. 내가 에드빈의 방에 들어섰을 때 토르발은 침대 위에 오빠와 나란히 앉아 있다. 그가 일어서서 한 손을 내민다. 몸집이 작고 딴딴해 보이는 남자다. 머리칼은 거친 금발이고, 얼굴은 다양한 숙성 단계에 있는 여드름들로 뒤덮여 있다. 그는 눈에 띄게 내성적이고, 머리칼이 공중에 똑바로 서 있도록 시종일관 손으로 쓸어 올린다. 도저히 이 사람에게 내 시들을 보여 줄 수 없겠다는 생각이 든 나는 겁에 질린 눈으로 그를 빤히 쳐다본다. "여기는 내 동생이야." 에드빈이 쓸데없는 말을 한다. "겁나게 예쁘다." 토르발이 손가락 사이에 넣은 머리칼을 비틀며 말한다. 그런 말을 하는 그가 몹시 친절하다고 생각한 나는 그에게 미소 지으며 방 안에 딱 하나 있는 의자에 앉는다. 사람들의 겉모습에 마음이 흔들려서는 안 된다고 나는 생각한다. 어쩌면 그는 정말로 내가 예쁘다고 생각하는지도 모른다. 어쨌든 그는 나에게 그런 말을 해 준 첫 번째 사람이다. 나는 가방에서 노트를 꺼내 두 손에 들고 잠깐 동안 그대로 있는다. 영향력을 지닌 이 사람이 내 시들이 형편없다고 생각할까 봐 너무나 겁이 난다. 그 시들이 조금이라도 괜찮기는 한지, 갑자기 자신이 없어진다. "이제 그것 좀 주지." 오빠가 조바심을 내며 말하고, 나는 마지못해 노트를 토르발에게 건넨다. 그가 이마에 주름이 잡힌 심각한 얼굴로 페이지를 넘기며 시들을 읽는 동안, 나는 내가 마치 전혀 다른 상태로 존재하는 것처럼 느껴진다. 흥분되고, 가슴이 뭉클해지고, 겁이 난다. 저 노트가 이렇게 파르르 떨리는, 살아 있는 나 자신의 일부처럼 느껴진다. 그것은 가혹하거나 모욕적인 말 한 마디만으로도 부서져 버릴 것이다. 토르발은 아무 말 없이 시를 읽고, 그의 얼굴에 미소는 떠오르지 않는다. 마침내 노트를 덮은 그는 연한 푸른색을 띤 두 눈으로 감탄한 듯 나를 바라보면서 힘주어 말한다. "이 시들 겁나게 훌륭한데요!" 토르발의 언어는 루트의 언어를 떠오르게 한다. 루트 역시 그다지 다채롭지 못한 욕설들을 집어넣어 장식하지 않고서는 좀처럼 문장을 완성하지 못한다. 하지만 그런 걸로 사람을 판단해서는 안 되고, 그 순간 나는 토르발이 영리하면서도 잘생긴 것 같다고 생각한다. "정말 그렇게 생각하세요?" 내가 행복한 목소리로 묻는다. "이런 빌어먹을, 그래요." 그가 공언한다. "이 시들이라면 쉽게 팔 수 있겠어요." 토르발의 아버지가 인쇄업자라서 편집자들을 전부 안다고 에드빈이 설명한다. "맞아요." 토르발이 자랑스럽게 말한다. "맹세코 내가 책임질게요. 이 노트를 집에 가져가게만 해 줘요. 그럼 내가 우리 꼰대한테 보여 줄게요." "아뇨." 내가 재빨리 말하며 노트를 낚아챈다. "저…… 제가 거기 직접 가서 그 편집자라는 분께 보여 드리고 싶어요. 그냥 저한테 그분이 어디 사시는지 알려 주시면 돼요." "좋아요." 토르발이 순순히 말한다. "그쪽한테 알려줄 수 있게 에드빈한테 말해 줄게요." 나는 노트를 도로 책가방에 챙겨 넣고 서둘러 집으로 돌아온다. 내 행복을 꿈꿀 수 있도록, 나는 혼자 있고 싶다. 이제 견진 성사를 받는 일도, 자라서 밖으로 나가 낯선 사람들을 상대하는 일도 중요하지 않다. 딱 한 편이라도 내 시가 신문에 실릴 거라는 놀라운 가능성 말고는 그 어떤 것도 중요하지 않다.

토르발과 에드빈은 약속을 지킨다. 며칠 뒤 내 손에는 이렇게 적힌 메모 한 장이 들려 있다. '편집자 브로크만, 「소시알 데모크라텐」 일요판, 뇌레 파리마그스가데 49번지, 화요일, 2시 정각.' 나는 일요일에 입는 나들이옷을 입고, 어머니의 분홍빛 화장 종이로 뺨을 문지르고, 어머니에게는 올가의 아기를 돌보러 가는 척한다음, 뇌레 파리마그스가데로 산책을 나간다. 커다란 건물 안에서 나는 그 편집자의 이름이 적힌 문을 찾아내 조심스럽게 두드린다. "들어와요." 문 반대편에서 소리가 들려온다. 나는 사무실로 들어서고, 거기에는 하얀 수염을 기른 나이 많은 남자가 커다랗고 어수선한 책상 앞에 앉아 있다. "앉아요." 그는 몹시 친절하게 말하며 의자를 가리켜 보인다. 자리에 앉은 나는 엄청난 수줍음에 사로잡혀 꼼짝도 하지 못한다. "좋아요." 그가 안경을 벗으며 말한다. "무슨 일로 오셨죠?" 한 마디도 입 밖으로 꺼내지 못하는 내가 할 일이라고는 이제는 다소 지저분해진 작은 노트를 그에게 건네는 것뿐이다. "이게 뭔가요?" 그는 노트를 훌훌 넘겨보고는 시 몇 편을 반쯤 소리 내며 읽는다. 그러더니 안경 너머로 나를 바라본다. "이 시들, 아주 관능적이네요?" 그가 놀란 목소리로 말한다. 나는 얼굴이 새빨개져서 재빨리 말한다. "다 그런 건 아니에요." 그는 계속 읽어 보더니 말한다. "그래요, 하지만 내가 장담하는데 관능적인 시들이 제일 좋군요. 몇 살이죠?" "열네 살입니다." 내가 말한다. "음……." 그는 마음을 정하지 못한 채 수염을 쓰다듬는다. "있죠, 난 오직 어린이 지면만 편집하거든요. 그리고 우린 이 시들은 쓸 수 없겠어요. 2년 있다가 다시 와요." 그는 내 가엾은 노트를 탁 덮더니 미소 지으

며 내게 건넨다. "잘 가요, 학생." 그가 말한다. 나는 온
통 부서진 희망들을 끌어안고 어찌어찌 문 밖으로 걸
어 나온다. 천천히, 아무런 감각 없이, 나는 도시의 봄
을, 다른 사람들의 봄을, 다른 사람들의 기쁨 어린 변화
를, 다른 사람들의 행복을 뚫고 걷는다. 나는 절대로 유
명해질 수 없을 것이다. 내 시들에는 아무 가치도 없다.
나는 술을 안 마시는 착실한 숙련공과 결혼하든지, 아
니면 연금이 나오는 안정적인 일자리를 얻게 될 것이
다. 그렇게 죽도록 실망하고 오랜 시간이 지나고 나서
야 나는 시 노트에 다시 글을 쓴다. 아무도 내 시들을
좋아하지 않는다 해도 나는 시를 써야만 한다. 시가 내
마음 속의 슬픔과 갈망을 무디게 만들어 주니까.

18

내 견진 성사를 준비하는 동안 '밑 빠진 독'을 초대할지 말지가 중요한 문제로 떠오른다. 그는 여태껏 우리 가족을 방문한 적이 없기는 하지만, 얼마 전 갑작스레 술을 끊었다. 대신 하루 종일 앉아서 전에 마시던 맥주만큼의 탄산음료를 마셔 댄다. 우리 어머니와 아버지는 그렇게 된 게 로살리아 이모에게는 몹시 다행이라고 한다. 하지만 이모는 행복해 보이지 않는다. 이모부가 간이 나빠져서 얼굴이 완전히 누렇게 뜬 데다 오래 못 살 것 같아 보이기 때문이다. 하지만 가족들은 그것 역시 이모에게는 좋은 일이라고 생각한다. 이제 나는 이모네 집에 찾아가도 되고, 더 이상 내가 안 좋은 것들을 보거나 듣지 못하게 하는 사람도 없다. 하지만 카를 이모부는 조금도 변한 데가 없다. 그는 여전히 테이블 앞에 앉아 부패한 사회와 무능한 정부 각료들에 대해 퉁명스럽고 불분명한 말들을 중얼거린다. 그 사이사이에 그는 로살리아 이모에게 전보처럼 간결한 말투로 명령을 내리고, 이모는 언제나 그랬듯 그가 아주 살짝만 의사를 표현하면 그것을 수행한다. 이모부 앞에는 탄산음료 병들이 줄지어 놓여 있는데, 나는 사람이 그렇게 많은 음료수를 마실 수 있다는 사실을 이해하지 못한다. 나는 우리 부모님에게 놀라움을 느낀다. 석탄을 가지러 지하에 내려갈 때면 찢어진 외투 조각들을 몸에 둘둘 만 채 고통을 잊으려고 잠을 택한 주정뱅이에게 발이 걸리기가 일쑤고, 취해서 거리에 쓰러진 남자들을 매일같이 보아 온 사람들은 아무도 굳이 몸을 돌려 그들을 살펴보려 하지 않는다. 거의 매일 저녁 한 무리의 남자들이 맥주와 슈냅스를 마시면서 현관 발치에 서 있지만, 그들에게 겁을 먹는 건 오직 아주 어린 아이들뿐이다. 그럼에도 부모님은 우리가 어린 시절 내내 카를 이모부를 만나지 못하게 했다. 그게 허락됐더라면 로살리아 이모는 두말할 나위 없이 기뻐했을 텐데도 말이다. 어머니와 아버지 사이에, 그리고 어머니와 아그네테 이모 사이에 오랜 논의가 이어진 끝에 이모부를 내 견진 성사에 초대하는 것으로 결정이 났다. 그러니 그저 거실에 더 이상의 자리가 없어 부르지 않기로 한 내 사촌 네 명을 빼면 가족 모두가 참석하게 될 것이다. 큰 행사를 앞두고 있어서 기분이 좋아진 어머니는 내가 고마움을 모르는 이상한 아이라고 말한다. 이 모든 준비가 나와는 관계없는 일이라고 생각하는 마음을 숨기지도 못한다고 말이다.

여러 시험을 끝낸 우리는 학교에서 졸업 파티를 한다. 모두가 '붉은 감옥'을 떠나게 된 것에 환호했고, 그중에서도 내가 가장 큰 소리로 환호를 보낸다. 내게는 무척 신경 쓰이는 일이 있다. 이제 나는 어떤 진짜 감정도 느끼지 못하는 듯하고, 그래서 항상 다른 사람들의 반응을 흉내 냄으로써 내게도 감정이 있는 척해야 한다는 것이다. 나는 오직 내게 간접적으로 다가오는 것들에만 마음이 움직이는 모양이다. 집에서 쫓겨난 불운한 가족의 사진을 신문에서 보고 눈물을 흘릴 수는 있지만, 현실에서 그것과 똑같은 흔한 광경을 볼 때는 마음이 움직이지 않는다. 나는 언제나 그랬듯 지금도 시와 서정적인 산문에는 감동하지만, 그 글 속에 묘사된 사물들에 대해서는 철저히 냉정한 마음이 된다. 현실이 중요하다는 생각은 내게 거의 떠오르지 않는다.

내가 마티아센 선생님에게 작별 인사를 하자 선생님은 내게 일자리는 얻었느냐고 물었다. 나는 그렇다고 대답하고는, 꾸며 낸 쾌활함을 담아 계속 재잘거렸다. 일단 1년 뒤에 가정학 학교에 갈 예정이고, 그때까지는 어떤 여사님의 집에서 오페어[21] 일을 하면서 아이를 돌보게 되었다고 말이다. 다른 아이들은 모두 사무실이나 상점에서 일할 예정인데, 나는 고작 어떤 아이 어머니의 가정부 일이나 하게 될 거라는 사실이 부끄러웠다. 마티아센 선생님은 사려 깊고 다정한 두 눈으로 나를 살피듯 바라보았다. "그래, 그래." 선생님이 한숨을 쉬었다. "그래도 네가 고등학교에 못 간다니 유감스럽구나." 나는 내 견진 성사가 끝나자마자 일을 시작할 것이다. 그 일자리에 지원하려고 어머니와 함께 찾아갔었다. 그 여자는 이혼한 사람이었는데, 차갑고 정중한 태도로 우리를 대했다. 내가 시를 쓰고 있고, 2년 뒤에 「소시알 데모크라텐」지의 편집자 브로크만 씨에게 돌아갈 때까지 그저 시간을 때우려 한다는 사실에 관심 있어 할 사람 같지는 않았다. 그 아파트의 실내에는 그랜드피아노가 있고 바닥에 카펫도 깔려 있었지만 어쩐지 우아해 보

---

21 가정에 입주해 가사와 육아 등을 해 주며 그곳의 언어나 습관 등을 배우고 약간의 보수를 받는 직업

이지는 않았다. 여자가 직장에 나간 낮 시간 동안 나는 청소와 요리를 하고 남자아이를 돌봐야 한다. 이 일들 중에 내가 전에 해 본 일은 하나도 없고, 매달 벌기로 되어 있는 25크로네만큼의 값어치를 내가 어떻게 해낼 수 있을지도 모르겠다. 내 뒤에는 어린 시절과 학교가 있고, 앞에는 내가 두려워하던 미지의 삶, 낯선 사람들 사이에서의 삶이 놓여 있다. 앞코가 길고 뾰족한 양단 구두 속에 두 발을 쑤셔 넣을 때처럼, 나는 그 두 극단 사이에 갇힌 채 붙들려 있다. 오드 펠로우스[22] 회관에 들어가 우리 부모님 사이에 앉은 나는 젊은이들이란 곧 덴마크 전체가 의지하는 미래이며, 우리는 우리를 위해 그토록 많은 것을 해 주신 부모님들을 절대로 실망시켜서는 안 된다는 내용의 연설을 듣는다. 나와 똑같이 무릎 위에 카네이션 꽃다발을 올려놓고 앉아 있는 여자아이들은 모두 나만큼이나 지루해하는 듯하다. 아버지는 뻣뻣한 칼라를 잡아당기고, 에드빈은 발작적인 기침 때문에 고생한다. 의사 말로는 그가 직업을 바

---

22   계몽주의 및 인본주의에 입각한 결사 단체 IOFF(Independent
      Order of Odd Fellows)를 뜻한다. 이 조직의 기원은 르네상스
      시대로까지 거슬러 간다고 여겨지나, 사실상 명맥이 끊겼다가
      19세기 미국에서 인본주의적인 시민 결사를 주창하며 새롭게
      출발했다. 덴마크에는 1878년에 진출했다.

꾸어야 한다는데, 물론 숙련 도장공이 되려고 4년이나 훈련을 받은 에드빈이 그 말을 받아들일 수는 없다. 어머니는 목 부분에 천으로 만든 장미 세 송이가 달린 새 실크 원피스를 입었다. 새로 파마한 머리칼이 어머니의 얼굴을 둘러싸고 곱슬거린다. 어머니는 그 머리를 하기 위해 말다툼을 해야 했다. 아버지가 우리 집에는 그런 머리를 할 만한 돈이 없을뿐더러, 그 머리가 '쓸데없이 최신식'이고 '헤퍼 보인다'고 해서였다. 나는 어머니의 머리가 길고 매끄러웠을 때가 더 좋았던 것 같다. 어머니는 이따금씩 손수건을 눈가로 가져가지만, 정말로 울고 있는 건지는 모르겠다. 나로서는 어머니가 울 만한 어떤 이유도 찾을 수가 없다. 나는 한때 내게 세상에서 가장 중요했던 문제가 '어머니가 나를 좋아하는가' 였다는 사실에 대해 생각해 본다. 하지만 그 사랑을 그토록 깊이 갈망하고 항상 그 사랑의 신호를 찾아야만 했던 아이는 더 이상 존재하지 않는다. 이제 나는 어머니가 나를 좋아한다고 생각하지만, 그 사실 때문에 행복해지지는 않는다.

우리는 구운 돼지고기와 레몬 무스를 저녁으로 먹고, 집안일에 속하는 그 어떤 일을 하더라도 짜증과 화를 얻게 되는 어머니는 디저트를 먹을 시간이 될 때까지 긴장을 풀지 못한다. 난로 근처에 앉은 카를 이모부는 땀이 너무 많이 나서 계속 손수건으로 둥그런 대머리를 훔쳐야 한다. 식탁의 다른 쪽 끝에는 페테르 이모부가 앉아 있는데, 목수인 그는 어렸을 때 교회 성가대에서 노래를 불렀던 아그네테 이모와 함께 가족 내에서 교양 있는 세력을 대표하고 있다. 아그네테 이모는 나를 위해 노래를 한 곡 써 주었는데, 이런 일이 있을 때마다 꿈틀거리는 피가 있어서라고 한다. 내 어린 시절에 있었던 다양하고 재미없는 일들을 다룬 이 노래의 각 절은 이렇게 끝난다. '하느님이 너와 함께 하시길, 화—라—라, 그리고 언제나 행운과 행복이 따르길, 화—라—라.' 우리가 후렴 부분을 부를 때 에드빈은 두 눈에 웃음기를 담은 채 나를 쳐다보고, 나는 미소를 짓지 않으려고 인쇄된 노래 가사를 얼른 쳐다본다. 그런 다음에는 페테르 이모부가 자기 잔을 톡톡 두드리더니 자리에서 일어난다. 그는 연설을 할 참이다. 그 연설은 오드 펠로우스 회관에서 들은 것과 비슷하고, 나는 그저 한 귀로 흘려듣는다. 어른의 대열에 발을 들여놓는 일, 우리 부모님처럼 열심히 일하고 영리한 사람이 되는 일에 관한 이야기인데, 좀 너무 길다. 카를 이모부는 마치 와인이라도 마시고 있었던 것처럼 매 순간 "옳소, 옳소!"라고 외치고, 에드빈은 기침을 한다. 어머니의 눈이 빛난다. 나는 불편하고 지루해서 몸을 움츠린다. 이모부가 연설을 끝내고 모두가 "만세!" 하고 소리치자, 로살리아 이모가 따스한 눈길로 나를 감싸며 부드럽게 말한다. "어른의 대열이라니. 맙소사! 앤 이쪽도 저쪽도 아닌 걸." 입술이 떨리는 게 느껴져서 나는 얼른 내 접시를 내려다본다. 그 말은 내 견진 성사에서 누군가가 한 말 가운데 가장 애정이 담겨 있는 말이고, 아마 가장 진실에 가까운 말이기도 할 것이다. 식사가 끝나자 마침내 모두가 자리에서 일어나 돌아다닐수 있게 된다. 아마도 와인 때문이기도 할 텐데, 모두들막 도착했을 때보다 기분이 좋아 보인다. 내가 부모님에게서 받은 작은 손목시계에 사람들이 감탄을 표한다. 나도 그 시계가 좋다. 내 여윈 손목을 조금 더 튼튼해보이게 해 주는 것 같다. 다른 사람들은 내게 돈을 선물한다. 그 돈은 전부 합쳐 50크로네가 넘지만, 그건 노후를 위해 은행에 넣어 두어야 하기 때문에 나는 그렇게들뜨지는 않는다.

　손님들이 돌아가고 내가 어머니를 도와 뒷정리를한 뒤, 우리 가족은 식탁에 함께 앉아 잠시 이야기를 나눈다. 자정이 지난 시각이지만 나는 말똥말똥하게 깨어있고, 내 파티가 끝나서 정말이지 해방감이 든다. "세상에, 어찌나 많이 먹어 대던지." 어머니가 페테르 이모부이야기를 한다. "그거 봤어?" "봤지." 아버지가 화난 듯 대답한다. "그리고 마시기도 했고! 공짜니까 진짜 엄청나게 먹더라고." "그리고 그 사람, 카를은 아예 없는 사람 취급하더라." 어머니가 말을 잇는다. "로살리아가 안됐다는 생각이 들었어." 어머니는 갑자기 내게 미소 짓더니 말한다. "오늘 즐거웠니, 토베?" 나는 이 일 때문에 부모님이 얼마나 많은 비용을 치르고 고생을 해야 했을지 생각해 본다. "네, 그럼요." 나는 거짓말을 한다. "근사한 견진 성사였어요." 어머니가 동의하며 고개를 끄덕이더니 하품을 한다. 그러더니 어떤 생각을 떠올린다. "디틀레우." 어머니가 행복한 목소리로 말한다. "이제 토베도 돈을 벌 거니까 우리 라디오 하나 장만해도 되지 않을까?" 나는 경악과 분노로 머리끝까지 피가 차오른다. "제 돈으로 라디오를 사실 순 없어요." 내가 화난 목소리로 말한다. "저도 돈 쓸 데 많다고요." "알았다." 어머니는 얼음처럼 차갑게 말하더니 일어나서 문 밖으로 쿵쿵 걸어 나가고, 등 뒤로 문을 꽝 닫는 바람에 벽에서 석고 부스러기가 달칵, 떨어져 내린다. 아버지가 당황한 표정으로 나를 바라본다. "저 말 그대로 받아들이진 마라." 아버지가 변명한다. "은행에 돈이 좀 있다. 라디오는 그걸로 사면 돼. 넌 그냥 여기 집에서 네 방값이랑 식비만 내면 되고." "네." 나는 성질부린 걸 후회하며 대답한다. 나는 알고 있다. 이제 어머니는 내게 며칠 동안 말을 하지 않을 것이다. 아버지는 다정한 목소리로 잘 자라는 인사를 건네곤 침실로 들어간다. 내가 그 침실의 창턱에 앉아 오직 어른들만 가질 수 있는 온갖 행복을 꿈꾸는 일은 다시는 일어나지 않을 것이다.

나는 내 어린 시절의 거실에 혼자 있다. 언젠가 여기에서, 오빠는 앉은 채로 판자에 못을 두들겨 박았고, 그러는 동안 어머니는 노래를 불렀고, 아버지는 이제는 내가 못 본 지 오래인 금서를 읽었다. 수백 년 전의 일 같다. 내 어린 시절이 영영 끝나지 않을 것 같다는 고통스러운 예감에도 불구하고, 그때 나는 무척이나 행복했다는 생각이 든다. 벽에는 바다를 내다보는 선원의 아내 그림이 걸려 있다. 스타우닝의 심각한 얼굴이 나를 내려다보는데, 내가 그의 모습에서 신의 형태를 떠올린 것도 오래 전 일이다. 내가 잠을 잘 곳은 집인데도 오늘밤 이 공간에 작별 인사를 하고 싶다는 생각이 든다. 나는 잠들고 싶지도, 졸리지도 않다. 아주 커다란 슬픔이 나를 사로잡는다. 나는 창턱에 있던 제라늄 화분들을 옮겨 놓고는 아기별이 초승달 요람 위에서 빛나고 있는 하늘을 올려다본다. 초승달 요람은 흘러가는 구름 사이에서 부드럽고 조용하게 흔들린다. 나는 너무 자주 읽어서 긴 단락들을 통째로 외운 요하네스 빌헬름 옌센의 「빙하」에 나오는 몇몇 구절을 혼자 거듭 읊어 본다. '그리고 이제 저녁 별처럼, 그러고는 아침 별처럼, 어머니의 가슴에서 살해당한 소녀가 빛을 낸다. 끝없는 길 위를 홀로 헤매며 혼자서도 잘 노는 아이의 영혼처럼, 하얗게 자신에게 몰두하는 것.' 눈물이 뺨을 타고 흘러내린다. 그 말들은 언제나 루트를, 내가 영원히 잃어버린 그 애를 떠오르게 하기 때문이다. 하트 모양으로 섬세하게 빚어진 입술과 강렬하고 투명한 두 눈을 가진 루트. 날카로운 혀와 사랑 가득한 마음을 지닌, 내 잃어버린 작은 친구. 내 어린 시절이 끝난 것처럼 우리의 우정도 끝났다. 이제 마지막으로 남은 것들이 햇볕에 탄 피부의 얇은 껍질들처럼 내게서 떨어져 나가고, 그 밑에서 어색하고 몹시 싫은 어른 한 명이 어렴풋이 모습을 드러낸다. 밤이 창가를 지나 다른 곳으로 향하는 동안 나는 내 시 노트를 읽는다. 그리고 그때, 미처 알아차리지 못한 사이에, 내 어린 시절은 기억의 밑바닥으로, 남은 평생 동안 내가 지식과 경험을 끌어 담을 영혼의 도서관 바닥으로, 조용히 떨어져 내린다.

토베 디틀레우센
1917~1976

20세기 덴마크를 대표하는 여성 작가. 1917년에 코펜하
겐에서 1남 1녀의 둘째로 태어났다. 아버지는 공장 노
동자였으며 어머니는 전업 주부였다. 어릴 때부터 책을
좋아했고 언어 구사에 특출한 재능을 보였지만 가난한
집안 사정 때문에 고등 교육을 포기해야 했다. 섬세한
감수성을 지닌 그는 노동자 지역에서 함께 자란 또래
아이들과 쉽게 어울리지 못했고, 어머니와의 애착 관계
형성에도 어려움이 있었다. 이 결핍은 훗날 디틀레우센
의 삶에 많은 시련을 안겨 주지만, 동시에 가장 풍부한
작가적 영감을 안겨 주는 원천이 되기도 했다.

『청춘』에서 계속